品味經典

紅樓夢與中國舊家庭

薩孟武 著

三民書局

緣　起

經典，是經久不衰的典範之作——無畏時光漫長的淘選，始終如新，每每帶給讀者不一樣的閱讀感受。閱讀經典，可以使心靈更富足，了解過往歷史，並加深思考，從中獲取知識與能量；可以追尋自我，反覆探問，發現自己最真實的樣貌。經典之作不是孤高冷絕，它始終最為貼近人心、溫暖動人。

隨著時代更替，在歷經諸多塵世紛擾、心境跌宕後，是時候回歸經典，找尋原初的本心了。本局秉持好書共讀、經典再現的理念，精選了牟宗三、吳怡深度哲思探討的著作；薩孟武與傳統經典對話的深刻體悟作品;白萩創造文學新風貌的詩作，以及林海音、琦君溫暖美好的懷舊文章；逯耀東、許倬雲、林富士關注社會、追問過去的研讀。以全新風貌問世，作為品味經典之作的領航，讓讀者重新閱讀這些美好。期望透過對過往文化的檢視，從中追尋歷史的真實，觸及理想的淳善，最終圓融生活的感性完美。

這些作品，每一本都是值得珍藏的瑰寶——它們記錄著那個時代臺灣文化發展的軌跡，以及社會變遷的遞嬗；以文字凝結了歲月時光，留住了真淳美好。

「品味經典」邀請您一起 品 味 經 典。

|推薦序|

讀歷史？看這三本就夠了！

公孫策

絕無虛言，就是這兩本小書打開了我的歷史之窗。甚至可以說，沒有薩孟武先生這兩本書，就沒有後來的公孫策。

兩本書？不是三本嗎？且聽我道來。

那一年十六歲，從南部負笈臺北，舉目無親，課後就近逛牯嶺街舊書攤，週末逛重慶南路書店。一天，翻開一本小書（早期的三民文庫都是袖珍開本），劈頭寫著：

在中國歷史上，有爭奪帝位的野心者不外兩種人，一是豪族，……二是流氓，……。

在此之前，對歷史故事就很有興趣，小學、初中到高一的歷史課本總是拿到手就看完。當然，為了考試也只得背誦朝代、年代、人名、戰役……，但就從來沒看過有這樣講歷史的。（註：後來知道其實高手不少，但那時候只是個高一學生）

那本小書就是《水滸傳與中國社會》（以下簡稱「水書」）。從小看《水滸傳》長大，梁山一百零八條好漢的名字、綽號，乃至後來上應天命的星宿名都背得出來，既然發現有如此的全新角度，於是一頁一頁細細讀下去。看完後，自然續看《西遊記與中國古代政治》（以下簡稱「西書」），同一系列還有一本《紅樓夢與中國舊家庭》（以下簡稱「紅書」）則因為不愛看《紅樓夢》，所以連伸手從架上拿書都沒有。直到這一回，三民書局的編輯請我寫全系列的導讀，寄了一本給我，翻閱之後才發現從前錯了，為了彌補錯失五十年的遺憾，將紅書一口氣讀完，並且跟讀者分享心得。

這三本書對我個人的啟發是：

一、歷史是有用的。

二、歷史不只對社會科學、人文科學有用，甚至對政治、職場、人生都有用。

三、小說是現實的投射，歷史是現實的紀錄，從小說情節切入，由印證歷史得悟，是薩孟武先生這個系列的成功之處。

四、再印證錢穆先生「從現實中找問題，到歷史裡尋答案」的方法論，於是有了公孫策借古諷今的專欄。

然而，以上是我個人的心得，讀這三本書的最大功能卻在於：學會獲致每位讀者自己的心得。簡單說，未經思考的知識，都不是真知識，因為你一直在人云亦云。但是薩孟武先生將歷史應用在觀察現實、解決問題，則是熟讀史書之後，能夠深思並融會貫通的結果。而重點不在熟讀歷史（因為一般人沒有那個時間），而在領會薩先生觸類旁通、俯拾皆是的功夫之後，所謂「學問百門，一通百通」，能「通」，就不會拘泥、不會固執於「一門」，才能開放心胸解決問題。此外，這三本書當中，有很多薩孟武先生本人的至理名言，值得一記。

觸類旁通部分，當年對我衝擊最大的，當屬書中對「秀才造反，三年不成」的詮釋。在那個一切為反攻大陸的年代，從小被教育要做一個泱泱大國之民，對那八個字，總認為是針對「那些只會背經典、寫八股的腐儒」。可是看過水書〈王倫何以不配做梁山泊領袖〉之後，如遭當頭棒喝。薩先生從蘇秦、張儀的經驗，點出士大夫階級「窮則發憤，舒則苟安」的特質，寫到中間階級（知識分子）夾在兩個基本階級（地主與農民，在今天則是資本家與勞動者）當中，由於那個階級特質，所以只配做人臣，不配做人君。再寫到「用人的當能知人，不但不宜妒才，且須愛才」，並以劉邦、項羽的用人風格印證最終成功失敗，然後結論：王倫落草為寇是「窮則發憤」，可是阻撓林沖入夥，「哪裡配收羅天下英才」，就是他「舒則苟安」的證據。這一篇，轉了那麼多彎，講了那麼多歷史故事，引申出那麼多治國平天下大道理，寫來毫無牽強、渾然天成，又能緊扣主軸「窮則發憤，舒則苟安」——充分顯示薩先生的思路邏輯清晰，對歷史人物故事能夠俯拾皆是，這樣的知識才是真知識，這樣的學問才是「有用的」學問。

其他如：從「九天玄女與三卷天書」講到米價跟天下治亂（水書）；從吃唐僧肉講到菩薩妖精再講到成王敗寇、由太白金星的姑息講到藩鎮外戚乃至佛教盛行（以上西書）；由賈府的奢靡生活講到朝代的末世現象、由妙玉的假清高講到士大夫矯飾虛名以沽名釣譽、從探春的改革甚至談到舜禹跟商鞅、韓非的刑罰思想異同（以上紅書）。

三書中的妙語金言極多，這裡僅摘錄二三薩先生的苦心警句：

貴者可以政治力以求富，富者唯於政治腐化之時才能用捐納之法以取貴。（紅）……既然利用貨財，以取得官爵，又復利用官爵，以取得貨財，……唯一的方法只有刮索民膏。……證明強迫人民做土匪、做強盜的，是由於官吏的貪汙。（水）

「有功則君有其賢，有過則臣任其罪」、「事成則君收其功，規敗則臣任其罪」，天下最合算的事莫過於此。（西）

他沒說出來的一句是：但後世君主卻大多無此智慧。

「天下者天下人之天下也」，這是多麼好聽的話。……反過來說，卻是天下不是任何人的天下，種種問題就由這裡發生。何以故呢？天下不是任何人的天下，則人人對於天下之害均不關心，對天下之利均欲爭取。人人爭天下之利，而參政權也就變質了，它不是參加政治的權，而是參加發財的權。（西）

這個道理不只政治，在大家族裡也同樣出現：

財產既是公有，誰願愛護財產。……凡事由大家共管的，大家往往不管，財產為大家公有的，大家往往不知愛惜。（紅）

於是將「修身齊家治國平天下」的道理又都統一了。

總之，三書的精彩內容實不勝枚舉，留待讀者咀嚼享受。

二〇一八年五月

自　序

三民書局劉振強先生要我寫一本有關《三國演義》的書，我把《三國演義》看了之後，只擬定第一節標題：「孰是正統」，寫了之後，細讀一遍，認為太過學究的，就放棄不寫。

許多讀者都希望我寫《紅樓夢》。《水滸傳》與社會，《西遊記》與政治，都已出版了。現在《紅樓夢》與什麼？想來想去，約有十數年之久，忽然想起「家庭」。於是就決定寫《紅樓夢與中國舊家庭》，以與《水滸傳》、《西遊記》合為三部「小」著作。一寫社會，一寫政治，一寫家庭，剛剛好。

我寫此書與寫《中國社會政治史》的方法相同，初則把《紅樓夢》看了又看，看書中有什麼問題可以提出討論。先決定每節的標題；次將書中所述，細分門類，歸納於每節之中；而後還是先起稿，次抄正。抄好了，再看一遍，將重複的刪去，忽略的加入。雖然缺點甚多，但我主觀上尚覺滿意。

我是學習社會科學尤其公法學的。研究社會科學的人是將小說看做社會意識的表現。因之，研究方法與研究文學的絕不相同，不作無意義的考證，更不注重版本的異同，去檢查那些不重要的字，這一版本是啥，另一版本是啥。但過去學者如王夢阮、沈瓶庵（《索隱》）、蔡元培（〈索隱〉）、胡適之（〈考證〉）諸位先生的考證，均於本小著中適當之處，稍加批評。只唯錢靜方先生的〈紅樓夢考〉，因為我不大知道明珠及納蘭成德的歷史，故不敢亂加評語。以上諸種考證，雖然過去都看過了，茲所根據者，乃饒彬先生關於上文四種考證所作的簡單介紹。饒彬先生的文章載在三民書局出版的《紅樓夢》書中。

本書引用《紅樓夢》中一段故事，或一句、數句的文字，均註明三民版哪一回數，以便讀者作更有價值的研究。

薩孟武

目次

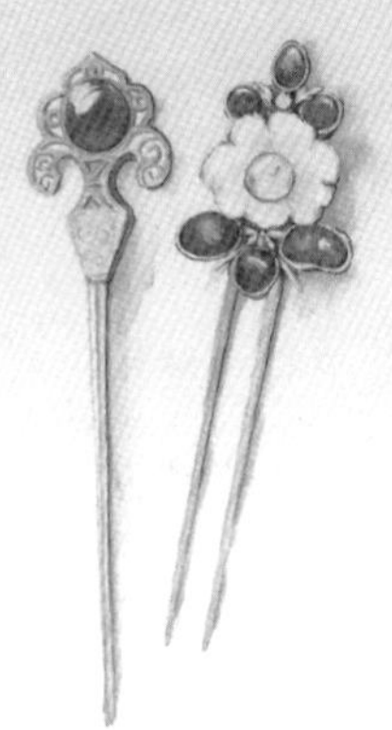

緣　引

「滿紙荒唐言」，又對荒唐做文章，固然只是遊戲筆墨，而卻不能陶情適性。看官，筆者有自知之明，絕非賢哲之士，只是狂狷之徒。年應常珍而杖於朝，顧乃不識時宜，不作長鋏之歌，不知地癖之利；且也，才非應期，器不絕倫，出不能安上治民，草隨風偃，入不能揮毫屬筆，衒玉求售。其未曾絕糧於陳蔡，不能不感謝當塗的眷顧。閒話少說，言歸正傳。

作者自幼就愛看小說。在古典小說之中，作者認為寫得最好的共有三部：《紅樓夢》第一，《西遊記》第二，《水滸傳》第三。《紅樓夢》何以列為第一，待後再說，現在先談《西遊記》。

《西遊記》也許有人認為談神說怪，文學上毫無價值。余雖未曾研究文學，而看過文學之書並不少。《西遊記》能夠流傳那樣的久，那樣的廣，絕不是因為讀者愛聽鬼怪之事。《西遊記》所描寫的妖怪，各有各的法力，毫不重複，而其目標均集中於要食唐僧的肉。要食唐僧的肉是《西遊記》的統一性；妖怪各顯神通，無一雷同，是《西遊記》的變化性。案吾人心理無不要求統一，即對於繼續發生的現象，希望有一個中心觀念，把各種現象統一起來。統一不是單調，單調是「類似」繼續不已的現象，可令吾人發生厭倦，而引起不快的感情。世上多數現象都不是由單一部分構成，而是由各種不同的部分結合而成。部分愈類似，統一愈顯明，故單就統一言之，「類似」確能適合吾人的心理。但是吾人心理除要求統一之外，又希望「變化」。「類似」只能滿足吾人心理所要求的統一觀念，同時卻侵害了吾人心理所希望的變化觀念。「類似」反覆不已，部分將減少其印象力。部分的印象力既已減少，則部分所構成的整體亦必隨之喪失印象力。故要保持現象整體的印象力，必須部分有複雜的變化。

一切情緒無不要求刺激之有變化。吾人聽了一種音樂，倘令盡是低音，必定感覺沉悶，而發生沮喪的情緒。其聲若有變化，由低而高，吾人的情緒雖然隨之興奮，而發生快感。但高音繼續太久，吾人的情緒又覺燥急，而回歸到不愉快的心境。《西遊記》寫到妖怪捉住唐僧及其徒弟，快要烹食之時，讀者的心情不禁為之緊張，隨著發生的竟是豬八戒的詼諧言辭，吾人心理突然輕鬆，往往捧腹大笑，這是《西遊記》成功之處。讀者只以神怪的心情去看，必謂《西遊記》不登大雅之堂，要是以文學的眼光去讀，必感覺《西遊記》是一部幽默的著作。吾國任何文學均缺乏幽默感，《史記》的〈滑稽列傳〉，不是幽默，只是諷刺。諷刺可令聽者矯正其過失，也可以引起聽者的反感。幽默不問言者之情緒為何，聽者必為之絕倒，而解除心情的緊張或鬱悒。豬八戒吃了人參果，而竟問行者、沙僧「甚麼味道」，這已經膾炙人口，而成為一種俗語。唐僧四眾行至平頂山蓮花洞，遇到金角大王及銀角大王二妖怪，行者令八戒巡山，八戒見山凹裡一彎紅草坡，便一頭鑽得進去，轂轆的睡下，那孫行者便變了啄木鳥把他弄醒。八戒找路又走入深山，見山凹中有四四方方三塊青石頭，豬八戒對石頭唱個大喏，「原來那獃子把石頭當做唐僧、沙僧、行者三人，朝著他演習哩。他道：『我這回去，見了師父，若問有妖怪，就說有妖怪。他問什麼山，──我若說是泥捏的、土做的、錫打的、銅鑄的、麵蒸的、紙糊的、筆畫的，他們見說我獃哩，若講這話，一發說獃了；我只說是石頭山。他問甚麼洞，也只說是石頭洞。他問甚麼門，卻說是釘釘的鐵葉門。他問裡邊有多遠，只說入內有三層。──十分再搜尋，問門上釘子多少，只說老豬心忙記不真。此間編造停當，哄那弼馬溫去！』」（第三十二回）下面所寫，尤其幽默，我不欲再引原文了。「那怪將八戒拿進洞裡，……老魔說：『兄弟，錯拿了，這個和尚沒用。』八戒就綽經說道：『大王，沒用的和尚，放他出去罷。』二魔道：『哥哥，不要放他，把他且浸在後邊淨水池中，浸退了毛衣，使鹽醃著，晒乾了，等天陰下酒。』八戒聽言道：『蹭蹬呵！撞著個販醃臘的妖怪了！』」（第三十三回）老魔叫小妖把豬八戒解下來，蒸得稀爛，等吃飽了，再去拿孫行者報仇。旁有一小妖道：「大王，豬八戒不好蒸。」八戒道：「阿彌陀佛！是那位哥哥積陰德的？果是不好蒸。」又有一個妖道：「將他皮剝了，就好蒸。」八戒慌了道：「好蒸！好蒸！皮骨雖然粗糙，湯滾就爛。樞戶！樞戶！」(第三十五回) 老魔一口吞了孫行者，諕得豬八戒埋怨道：「這個弼馬溫，不識進退！那怪來吃你，你如何不走，反去迎他！這一口吞在肚中，今日還是個和尚，明日就是個大恭也。」(第七十五回)「二怪說：『豬八戒不好蒸。』八戒歡喜道：『阿彌陀佛，是那個積陰騭的，說我不好蒸？』三怪道：『不好蒸，剝了皮蒸。』八戒慌了，厲聲喊道：『不要剝皮！粗自粗，湯響就爛了！』老怪道：『不好蒸的，安在底下一格。』行者道：『八戒莫怕，……不好蒸的，安在上頭一格，多燒把火，圓了氣，就好了。若安在底下，一住了氣，就燒半年也是不得氣上的。……』八戒道：『哥呵，依你說，就活活的弄殺人了！他打緊見不上氣，抬開了，把我翻轉過來，再燒起火，弄得我兩邊俱熟，中間不夾生了？』」(第七十七回)

豬八戒的幽默，只看上文所舉數例，就可知道。然此不過數例而已，並非豬八戒的幽默全部。現今文人常把幽默 (humour) 與諷刺 (satire) 混為一談。《史記》(卷一百二十六) 所舉淳于髡等三人之言多係「反語」(irony)，而寓譏誚或諷刺之意，不宜視為幽默。東方朔若不遇漢武帝，而遇明太祖，其挑撥諸儒，必判為造謠生事；其拔劍割肉，必受到擾亂朝儀之罰。在吾國，知道幽默的似只有吳承恩所描寫的豬八戒一人。讀者要研究幽默文學，可買一部《西遊記》，細心的看。若不知幽默的本質，誤把諷刺作為幽默，聽者將斥你尖刻。

次談《水滸傳》，「逼上梁山」是《水滸傳》的統一性，但是真正逼上梁山的，似只有林冲及武松兩人。其他好漢或自願落草，或為梁山所迫。故其統一性不甚顯明。至其變化性並不比《西遊記》為弱。同殺虎也，武松打虎（第二十二回）與李逵之殺四虎（第四十二回），寫得完全不同；同是淫婦通奸，王婆說「十分光」（第二十三回）與石秀瞧到「十分」（第四十四回），亦是兩樣寫法；武松親自殺死奸夫淫婦與石秀慫恿楊雄殺死奸夫淫婦，毫不雷同；兩次劫法場，其救出宋江（第三十九回）與救出盧俊義（第六十一回），寫法並不一樣。同一事件，寫法均有變化，所以吾人讀之，不覺厭倦。案梁山泊好漢共有一百零八人，施耐庵寫林沖，寫魯智深，寫武松，寫李逵，均費了不少筆墨，又寫得有聲有色。苟一一均用這個方法去寫，單單三十六天煞星，文字就要增加十餘倍，而且免不了許多重複。所以寫到最後，縱是重要人物，也只能草草了之。盧俊義在梁山泊之上，位坐第二把交椅，觀《水滸傳》所述，他不但不是豪傑之士，而且非草莽英雄。吳用下山賣卦，謂盧俊義有百日血光之災，應出去東南上一千里之外躲避。燕青尚知「倒敢是梁山泊歹人假裝做陰陽人來煽惑主人」。盧俊義「自送吳用出門之後，每日旁晚，便立在廳前，獨自個看著天，忽忽不樂；亦有時自言自語，正不知甚麼意思」，這哪裡是英豪的氣概？雖然快到梁山泊之時，取出箱內四面白絹旗，寫下四句打油詩，表示他「特地要來捉宋江這廝」，又準備下一袋熟麻索，要縛梁山草寇，「解上京師，請功受賞」（第六十回）。以一人之力何能戰勝群雄？這未免太過自負了。大凡太過自負的人，往往不能知彼知己，而至失敗。既為張順所擒，送上梁山，宋江用軟功方法，留住盧俊義約有兩個多月，才放他下山。盧俊義回到北京，燕青告訴他，娘子已和李固做了一路，若入城中，必中圈套。盧俊義竟然大怒，喝道：「我的娘子不是這般人，你這廝休來放屁！」（第六十一回）其不明是非也如此。只因家巨富，「是河北三絕」，「北京大名府第一等長者」（第五十九回），故落草之後，就坐第二把交椅，而為梁山泊的副領袖。

坐第五把交椅，位在林冲之上的關勝，施耐庵似要把他寫成一位傑出的人才。他在兵馬倥傯之際，「點燈看書」（第六十三回），從容不迫，大有儒將之風。可惜施耐庵江郎才盡，不能再寫下去了。關勝獻圍魏救趙之計（第六十二回），甚合於用兵之道。但吳用處處放哨，以偵察敵人的動靜。關勝只知直趨梁山，攻其巢穴，而未防吳用之撤兵反攻。吾人於《水滸傳》中所看到的，只是他「低低說了一句」，就活捉了張橫，再「低低說了一句」，又活捉了阮小七（第六十三回），寫來寫去，看不出他有過人之才。及聽宋江之言，又聽阮小七之語，竟然「當晚坐臥不安，走出中軍看月，寒色滿天，霜華遍地，不禁嗟嘆不已」（第六十三回），關勝此時已經心動了。及至呼延灼詐降，告以宋江專以忠義為主，素存歸順之心。關勝毫不思索，「請入帳中，置酒相待」，「掀髯飲酒，拍膝嗟嘆」。卒為梁山泊所捉，又受宋江甘言所惑，終至說道：「人稱忠義宋公明，果然有之。人生世上，君知我報君，友知我報友。今日既已心動，願住部下為一小卒。」（第六十三回）關勝也落草了。《水滸傳》一書乃描寫北宋末年之事，荒君（徽宗）在位，奸臣（蔡京）當國，外患內亂接踵而來，而朝廷上下毫無振作之意，宋雖不亡於內賊，亦必亡於外寇。最後盧俊義一夢，一百零八條好漢，一齊處斬（第七十回)。善哉嚴復之言:「孟子曰孔子作《春秋》,而亂臣賊子懼。雖然《春秋》雖成,亂臣賊子未嘗懼也……必逮趙宋,而道學興,自茲以還,亂臣賊子乃真懼也。然而由是中國之亡也,多亡於外國。何則?非其亂臣賊子故也。」(《法意》第五卷第十四章,復案)

現在試談《紅樓夢》吧!自《紅樓夢》問世以來,即膾炙人口,雖然時代不同,習俗已變,至今尚有極多讀者。讀者不但讀之而已,且有許多文人學士加以研究。其所以有此身價,並非偶然,蓋是書在古典小說之中有三大特質,而非一般小說所能比肩齊聲。

一是古典小說大率是描寫歷史上的故事或人物,如《三國演義》描寫三國時代的歷史,《說岳全傳》是描寫岳飛之精忠報國。不過中間加以許多虛構之事,以引起讀者的興趣。其全部虛構的,亦必假託歷史上一個事件。例如《封神演義》描寫武王伐紂,《西遊記》描寫唐僧取經。雖然兩書內容與歷史大大不同,但武王伐紂,唐僧取經並非杜撰。反之,《紅樓夢》乃從空描寫一個富貴人家的日常生活,而不假託古人古事。固然有人以為《紅樓夢》乃作者曹雪芹之自敘,我們以為任何作者對其所寫小說,多少必參以自己的經歷,而小說比其自己經歷不免過甚其辭,若必以小說之所述就是他的自傳,未免太過武斷。難怪某一位小說家謂:法國的左拉一定是個交際花,不然,他怎能寫出《酒店》和《娜娜》,吾國的吳承恩必是猴子變的,否則寫不出一部《西遊記》。此言雖謔,亦足以提醒許多考證家的迷夢。但《紅樓夢》作者既自言「真事隱去」(甄士隱)、「假語村言」(賈雨村),則是書未必毫無暗示。其暗示為何，余不欲多談。

二是古典小說均描寫大事，如《東周列國志》是寫春秋時代的大事，《三國演義》是寫三國的戰爭及其興亡。《紅樓夢》所寫的只是一家瑣屑微末之事，如頑童大鬧書房（第九回）、丫頭互相調弄（第三十七回）、吃螃蟹（第三十八回）、開夜宴（第六十三回）、說骨牌詞（第四十回）、劉老老湊趣兒（第四十回），諸如此類均寫得極其細膩，吾人讀之，不覺厭煩，只覺得津津有味。此非大手筆曷能寫到。我所認為奇怪的，吾未見十二金釵之讀書，而其推敲詩詞，竟是錦心繡口，也許是她們聰明絕頂，也許是作者疏忽之處。但她們所作詩詞並非無病而呻，如香草箋之類，而是暗示她們的後運。即非如作者之言：「至於才子佳人等書，則又開口文君滿篇子建，千部一腔，千人一面，且終不能不涉淫濫。在作者不過要寫出自己的兩首情詩豔賦來，故假捏出男女二人名姓，又必旁添一小人撥亂其間，如戲中的小丑一般。」古典言情小說確實如此。

三是《紅樓夢》雖是言情小說，其他小說寫到男女愛情，不問其家世如何，學識如何，無非是佳人才子一見鍾情，中間必有一位梅香，代雙方暗通信息，而於後花園相會。既而勞燕分飛，最後才子常中狀元，衣錦還鄉，與佳人締結良緣，圓滿結束。對此，賈母已有批評（第五十四回）。《紅樓夢》不落此種陳腐舊套，它雖言情而不誨淫，除了賈璉與多渾蟲媳婦通奸，醜態畢露（第二十一回）之外，不見有絲毫淫穢之辭。而且賈府由盛而衰，黛玉夭折，寶玉出家，寶釵守寡，十二金釵無不薄命，其結局即為悲劇。在各種小說之中，悲劇最能感動觀眾。吾人欣賞一種對象，而承認其有「美」的價值，必能給與吾人以快感。悲劇所給與吾人的，只是苦惱，何以吾人也承認其有「美」的價值而欣賞之？蓋吾人心理有一種混合感情，這個混合感情乃結合兩種矛盾的感情而成，不是快感，也不是苦感，而是一種新的感情。猶如赤與黃混合起來，而成為橙黃色一樣。橙黃色既不是赤，也不是黃，而是另外一種色彩。同樣，快與苦的感情混合起來，亦變成一種新的感情。在美學上稱之為「快又不快的感情」(Lust-Unlust Gefühl)，可以挑撥吾人的審美情緒，而使吾人欣賞不已。人類優遊終日，無事可做，往往感覺煩惱。即人類心理不甘寂寞，是要求勞苦的，要求刺激的，要求爭鬥的。沒有勞苦，沒有刺激，沒有爭鬥，心理上常覺空虛。所以人類雖怕風波之來臨，而又不甘於風平浪靜的旅行。企業家不斷的擴充生產規模，歷史上許多英主不斷的開拓領土，這都是出於不甘寂寞之心。在目的未達以前，一方有欠缺的苦惱，同時又有取得的歡樂，兩種感情互相混合，便成為一種特別色彩的「快又不快的感情」。快感之中加入不快的感情，則不快的感情不但使快感發生特別的色彩，而又可以增加快感的程度，猶如烘雲托月一樣，可以表示月亮的光彩。所以「快又不快的感情」移入對象之中，可使對象更呈現了美的價值，這就是悲劇能夠引人欣賞的原因。

悲劇可分兩種：一是悲壯，二是悲哀。兩者都是主人翁受盡苦惱，然在悲壯，主人翁所表現的是壯烈的犧牲；而在悲哀，主人翁所表現的則為哀傷的毀滅。壯烈與哀傷固然不同，而兩者由苦惱，使讀者沒入於對象之中，同化於對象之內，而與對象同感苦惱，又由同感苦惱，對於主人翁的遭遇更有深刻的印象。

凡小說之以悲劇結束的，必須主人翁的命運受盡苦惱而至毀滅。倘令主人翁能夠克服苦惱，得到勝利，則悲劇無從成立，而吾人觀之，也許覺得平淡無味，對於主人翁的遭遇反無深刻的印象。吾人閱讀沙氏的《羅密歐與朱莉葉》，就可知道兩位青年男女因戀愛而歡樂，因戀愛而苦痛，因戀愛而憂愁，因戀愛而恐怖。這種複雜的情緒反映到吾人心理，吾人亦跟著歡樂，跟著苦痛，跟著憂愁，跟著恐怖。即對象的感情引起我們關心的感情，使讀者與小說中的人，心靈上發生感通，這是沙氏文學的成功，也是曹雪芹寫作的成功。吾國自古以來，以男女有別為士君子立身處世之道。賈母依吾國傳統的禮教，說道：「孩子們從小兒在一處兒玩，好些是有的。如今大了，懂的人事，就該要分別些，才是做女孩兒的本分，我才心裡疼他。若是他心裡有別的想頭，成了什麼人了呢！我可是白疼了他了！你們說了，我倒有些不放心。」又說：「偺們這種人家，別的事自然沒有的，這心病也是斷斷有不得的！林丫頭若不是這個病呢，我憑著花多少錢都使得；若是這個病，不但治不好，我也沒心腸了！」（第九十七回）這種話也許今日青年男女認為頑固，而由二百多年以前的人觀之，必認為理所當然。然而此種傳統觀念卻造成木石前盟的悲劇。

一、千金散不盡，銀錢還復來

——寧榮二府流金歲月中的豪奢

大家庭制度的流弊

吾國倫理以孝為本。孔子說：「夫孝，德之本也。」（《孝經》第一章〈開宗明義〉）孝不但是「謹身節用，以養父母」（同上第四章〈庶人〉），且要「立身行道，揚名於後世，以顯父母」（同上第一章〈開宗明義〉）。曾子說：「居處不莊，非孝也。事君不忠，非孝也。涖官不敬，非孝也。朋友不信，非孝也。戰陳無勇，非孝也。」（《禮記注疏》卷四十八〈祭義〉）即修身、入官、治國、交際、出戰，一切善的行為均由孝出發，其目的，消極方面，不欲「烖（災）及於親」（同上），積極方面，要「揚名於後世，以顯父母」。吾國既以孝為德行之本，則由愛敬父母，自應愛敬父母的父母。推此而上，愛敬可達到遠代的祖宗。因之祭祀祖宗也成為吾國的道德行為。祭祀祖宗與祭神不同，祭神出於畏懼心理，祭祀祖宗出於愛敬心理。既然愛敬父母，則對於同根所生的兄弟，自應友愛，推而廣之，凡是同一祖宗生下的昆仲，亦宜予以愛護。在這種道德觀念之下，吾國家庭就成為大家庭。古代朝廷常下詔旌表數代同居的門閭，吾人只讀《舊唐書》（卷一百八十八）之〈孝友傳〉，《宋史》（卷四百五十六）之〈孝義傳〉，就可知道。然而數代同居未必快樂，傳代既久，血統關係已經稀薄，而人口眾多，難免發生磨擦，而引起勃谿之事。張公藝九世同居，唐高宗「親幸其宅，問其義由。其人請紙筆，但書百餘忍字，高宗為之流涕」（《舊唐書》卷一百八十八〈張公藝傳〉）。由此可知數代同居，只是互相忍耐，而為家長的更要忍耐，未必出於孝悌之心。

賈府以軍功起家，賈珍之妻尤氏對鳳姐說：「你難道不知這焦大的？……他從小跟著太爺（寧國公賈演）出過三四回兵，從死人堆裡把太爺背了出來了，才得了命。自己挨著餓，卻偷了東西給主子吃；兩日沒水，得了半碗水，給主子喝，他自己喝馬溺。不過仗著這些功勞情分。有祖宗時，都另眼相待，如今誰肯難為他？」（第七回）「賈珍近因居喪，不得遊玩，無聊之極，便生了個破悶的法子，日間以習射為由，請了幾位世家弟兄及諸富貴親友來較射。……賈政等聽見這般，不知就裡（每日輪流做晚飯之主，天天宰豬割羊，屠鵝殺鴨，好似臨潼鬥寶的一般，都要賣弄自己家裡的好廚役、好烹調），反說：『這才是正理。文既誤了，武也當習，況在武蔭之屬。』」（第七十五回）此皆可以證明賈家的富貴榮華，是其祖宗以軍功得到的。

寧國公賈演與榮國公賈源是同胞兄弟，其邸舍在一條街上，「街東是寧國府，街西是榮國府，二宅相連，竟將大半條街占了」（第二回），可見邸舍之大。賈演居長，生了四個兒子。寧公死後，長子代化襲了官。代化生敬，敬生一子一女，女名惜春，子名珍，娶尤氏為婦，生子蓉（第二回）。蓉妻秦可卿，無子早卒。由此可知寧府長房乃數代單傳，其他三房，《紅樓夢》未曾說明。

榮國公賈源生子幾人，《紅樓夢》沒有提到。「長子代善襲了官」，既明言長子，可知尚有諸子。代善娶金陵世家史侯的小姐為妻（即書中之賈母，史湘雲是她內姪孫女），生了兩男一女，女名敏，嫁探花林如海，生女黛玉。代善長子賈赦，襲了官，娶邢氏（即書中之邢夫人），生子璉，其妾生迎春。璉娶王熙鳳為妻（即書中之鳳姐），生女巧姐。次子賈政，娶王氏（即書中之王夫人，鳳姐乃王夫人之內姪女），生一女兩男，女元春，選入皇宮為妃，長子賈珠，妻李紈，生子蘭，賈珠早卒。次子寶玉（第二回），娶王夫人胞妹薛氏（即書中之薛姨媽）之女寶釵為妻。賈政之妾趙姨娘亦生了一女一子，女探春，子賈環。以上諸男女皆係《紅樓夢》中的重要人物。

此外，「賈薔係寧府中之正派玄孫」，「賈藍、賈菌係榮府近派的重孫」（第九回），這是書中明言的。除夕之夜，寧榮兩府男女均往設在寧府西邊的賈氏宗祠，祭祀祖先。「分了昭穆，排班立定。賈敬主祭，賈赦陪祭，賈珍獻爵，賈璉、賈琮獻帛，寶玉捧香，賈菖、賈菱展拜墊，守焚池。……每一道菜至，傳至儀門，賈荇、賈芷等便接了，按次傳至階下賈敬手中。……賈敬捧菜至，傳於賈蓉；賈蓉便傳於他媳婦（繼室胡氏，秦可卿已死），又傳於鳳姐、尤氏諸人；直傳至供桌前，方傳與王夫人；王夫人傳與賈母，賈母方捧放在桌上。邢夫人在供桌之西，東向立，同賈母供放。凡從『文』旁之名者，賈敬為首；下則從『玉』者，賈珍是首；再下從『草頭』者，賈蓉為首（此三人皆係寧府長房之兒孫）。左昭右穆，男東女西。俟賈母拈香下拜，眾人方一齊跪下，將五間大廳，三間抱廈，內外廊簷，階上階下，兩丹墀內，花團錦簇，塞的無一些空地」（第五十三回，此時賈政已蒙皇上點了學差，出外未歸）。由此可知賈府兒孫甚多。難怪寶玉初見賈芸之時，「卻想不起是那一房的，叫什麼名字」（第二十四回）。

到了過年後元宵節那一夜，「賈母便在大花廳上命擺幾席酒，……帶領寧榮二府各子姪孫男孫媳等家宴。賈敬素不飲酒茹葷，因此不去請他」，賈母「知他（賈赦）在此不便，也隨他去了」。此時參加的，除賈母外，女的有李嬸娘、薛姨媽、邢夫人、王夫人、尤氏、李紈、鳳姐、賈蓉的媳婦胡氏（繼室）、賈藍之母婁氏、迎春姐妹三人、黛玉、湘雲、寶釵、寶琴、李紋、李綺、岫烟等。男的有賈珍、賈璉、寶玉、賈環、賈琮、賈蓉、賈芹、賈芸、賈菖、賈菱、賈藍等。此外不肯來的尚不少（第五十三回）。吾所以又述參加元宵節之男女乃補充上述除夕晚上祭祀宗祠時未曾舉出之人。總之，賈家兒孫甚多。至於奴婢，就寧府來說，鳳姐料理秦可卿喪，所用男僕有一百三十四人之多（第十四回），其他婢女多少，《紅樓夢》並未提及。就榮府來說「合算起來，從上至下也有三百餘口」（第六回），但賈府抄家之後，「除去賈赦入官的人，尚有三十餘家，共男女二百十二名」（第一百六回）。是則榮府人口必不止三百餘口。榮府有赦、政兩房，寧府只有一房，則榮府人口當比寧府為多。

《紅樓夢》所描寫的以榮府為主，寧、榮兩府除節日一同享宴之外，平日皆分家異爨。赦、政兩房因賈母尚在，《禮》云「父母存，不有私財」（《禮記注疏》卷一〈曲禮上〉），雖然「同房各爨」，「並未分家」，而由賈赦之子賈璉總管家務。若據賈政自述，「犯官祖父遺產並未分過；惟各人所住的房屋有的東西便為己有」（第一百五回）。但所謂「各爨」，當林黛玉初入榮府，吃飯時，賈母對黛玉說：「你舅母和嫂子們是不在這裡吃飯的。」（第三回）故除黛玉外，陪賈母吃飯的不過迎春、探春、惜春三人。此時寶玉不在家，王夫人是賈母特別叫她坐下同吃。至於邢夫人、李紈、鳳姐均各在各的房裡吃飯（第三回），是則雖然「各爨」，而又分吃。這也許因為各人口味不同，以榮府之富，分食並不覺得浪費。然而他們的感情不免因之疏遠，其能保持和氣，是因為賈母尚在，眾有所怕，表面上不得不和睦。其實彼此妬忌，仍是免不了的。請看鴛鴦之言：

> 鴛鴦道：「為人是難做的：若太老實了，沒有個機變，公婆又嫌太老實了，家裡人也不怕；若有些機變，未免又治一經損一經。……這不是我當著三姑娘說：老太太偏疼寶玉，有人背地怨言還罷了，算是偏心；如今老太太偏疼你，我聽著也是不好。這可笑不可笑？」探春笑道：「……我說：倒不如小戶人家，雖然寒素些，倒是天天娘兒們歡天喜地，大家快樂。我們這樣人家，人都看著我們不知千金萬金，何等快樂，殊不知這裡說不出來的煩難更利害！」（第七十一回）

鴛鴦不過說明得寵與不得寵的人互相妬忌而已。其實，不問榮府或寧府，到了玉字輩，傳代已有四世。因之，各房之間，有的富，有的貧。貧富不同，貧者妬富，富者欺貧，勢所難免。當賈母於元宵夜開宴之時，「曾差人去請眾族中男女」，「有一等妬富愧貧，不肯來的；更有憎畏鳳姐之為人，賭氣不來的……因此，族中雖多，女眷來者不過賈藍之母婁氏，帶了賈藍來。男人只有賈芹、賈芸、賈菖、賈菱四個」（第五十三回）。其貧窮的，連奴才都看不起他們的親戚。例如金榮與秦鐘大鬧書房，「寶玉問李貴，這金榮是那一房的親戚」，「茗烟在窗外道，他是東府裡璜大奶奶的姪兒，……璜大奶奶是他姑媽。——你那姑媽只會打旋磨兒，給我們璉二奶奶跪著借當頭，我眼裡就看不起他那樣主子奶奶」（第九回），此不過小孩吵架而已。趙姨娘對馬道婆說：「我們娘兒們跟的上這屋裡那一個兒？寶玉還是小孩子家，長的得人意兒，大人偏疼他些兒，也還罷了；我只不服氣這個主兒！」一面說，一面伸了兩個指頭。馬道婆會意，便問道：「可是璉二奶奶？……不是我說句造孽的話，——你們沒本事，也難怪。——明裡不敢怎樣，暗裡也算計了，還等到如今！」趙姨娘聽這話，「連忙開了箱子，將衣服首飾拿了些出來，並體己散碎銀子，又寫了五十兩一張欠約，遞與馬道婆」。馬道婆在家中作法，寶玉及鳳姐果然瘋起來了（第二十五回）。一家的人彼此暗鬥，所以探春聽到寶釵要搬出大觀園，陪薛姨媽作伴，就道：

> 很好。不但姨媽好了還來，就便好了不來也使得。……

有別人撵的，不如我先撵！親戚們好，也不必要死住著才好。偺們倒是一家子親骨肉呢，一個個不像烏眼雞似的，恨不得你吃了我，我吃了你！(第七十五回)

大家庭而未分家，確有此種現象。其尤弊者，財產既然不是個人私有而是全家公有，那麼，有權勢的就可從中舞弊，將公產變為私財，鳳姐的作風就是如此。其貧窮的則利用紅包，討好富的，假其權勢，分潤微利。當建築大觀園之時，許多雜務均由賈家子弟擔任，賈家子弟不是單盡義務而已，蓋欲從中侔利。富者又因財產不是他個人私有，就閉著眼睛，聽他們營私舞弊。例如賈珍派賈薔「下姑蘇請聘教習，採買女孩子（訓練為女戲子），置辦樂器行頭等事」，賈璉就笑道：「裡頭卻有藏掖的。」（第十六回）賈薔回來之後，就總理這批女戲子的「日月出入銀錢等事，以及諸凡大小所需之物料帳目」（第十七回）。「賈薔係寧府中之正派玄孫」（第九回），故有此種好缺。賈芹因為他母楊氏很會討好鳳姐，鳳姐就派他到家廟鐵檻寺，去管小和尚小道士，每月「也好弄些錢使用」（第二十三回）。不知何時始，賈芹乃在饅頭庵（即水月庵）照管（第九十三回）。賈芸本來謀事不成，剛好「鳳姐正是辦端節的禮，須用香料」，賈芸借了十五兩的錢，買了麝香、冰片，送給鳳姐。鳳姐即派他採購花木，批下二百兩銀子，交與賈芸，賈芸領了銀子，即去買樹，計其所用大約在五十兩以下，其餘一百五十兩就歸賈芸囊中（第二十四回）。

賈家子弟為賈家辦事，而乃乘機貪邪。此無他，財產既是公有，誰願愛護財產。古代天子對於貪官污吏之太過刮索民膏民脂的，常處以重刑，如梟首抄家等是。蓋天子以國家為一己的私產，官吏貪污過甚，勢必引起百姓的反抗，而使皇室陷於危險的地位。天子為自己安全打算，不能不限制官吏的貪邪，使其不至引起百姓反抗而間接害及皇室的安全。凡事由大家共管的，大家往往不管，財產為大家公有的，大家往往不知愛惜。此乃事所必至，理有固然。美國副總統安特紐因過去收取一萬美金而被迫辭職，日本首相田中因收取外國一百多萬美金而至倒閣。民主政治尚有貪污之事，何況共產國家？

榮府家務由賈璉管理（第二回），他本人有否侵吞公產，《紅樓夢》未曾明言，但抄家之時，由他屋內，抄出許多物件（第一百五回）。他之營私舞弊，觀此略可明瞭。再觀他與鮑二媳婦通姦，給鳳姐發現，鮑二媳婦吊死。賈璉「著人去做好做歹，許了二百兩發送才罷」，「又命林之孝將那二百兩銀子入在流水帳上，分別添補，開消過去」（第四十四回）。私人不名譽的用費乃令總務設法，分散在公用內報帳，其作風如此，於是下人便大膽舞弊起來。清客程日興與賈政的談話如次：

> 程日興道：「我在這裡好些年，也知道府上的人那一個不是肥己的？一年一年都往他家裡拿，那自然府上是一年不夠一年了。……幾年老世翁不在家，這些人就弄神弄鬼兒的，鬧的一個人不敢到園裡，這都是家人的弊。此時把下人查一查，好的使著，不好的便攆了，這才是道理。」賈政點頭道：「先生，你有所不知！不

> 必說下人，就是自己的姪兒，也靠不住！若要我查起來，那能一一親見親知？」（第一百十四回）

《禮》云「父母存，不有私財」，其流弊如此。不但此也，大家庭之內，人口眾多，男女同住一個邸舍，曖昧之事，似難避免。焦大罵道：「那裡承望到如今生下這些畜生來！每日偷雞戲狗，爬灰的爬灰，養小叔子的養小叔子，我什麼不知道？」（第七回）爬灰的是誰，養小叔子的是誰，作者不想瞎猜，賈蓉說：「誰家沒風流事？別叫我說出來。連那邊大老爺（賈赦）這麼利害，璉二叔還和那小姨娘不乾淨呢！鳳嬸子那樣剛強，瑞大叔還想他的帳！──那一件瞞了我？」（第六十三回）榮府如此，寧府更糟，「賈珍、賈蓉素日有『聚麀』之誚」（第六十四回），柳湘蓮對寶玉說：「你們東府裡，除了那兩個石頭獅子乾淨罷了！」（第六十六回）帷薄不修常發生於大家庭之內。賈蓉慫恿賈璉偷娶尤二姐，蓋欲「趁賈璉不在時，好去鬼混」（第六十四回）。賈珍「先命小廝去打聽賈璉在與不在」，而後再去探望尤氏姊妹。不久，賈璉回來，竟然對尤二姐說：「依我的主意，不如叫三姨兒（尤三姐）也合大哥成了好事，彼此兩無礙，索性大家吃個雜會湯，你想怎麼樣？」（第六十五回）這種話能夠出口，可知賈珍與賈璉平日如何淫亂。

賈蓉雖稱鳳姐剛強，觀其對賈瑞的作風，實有失大家閨秀的身分（第十二回）。何況鳳姐之對賈蓉，又可令人想到焦大之罵「養小叔子的養小叔子」。當賈蓉奉父命向鳳姐借用玻璃炕屏之時，最初鳳姐故意不借，既借之後，賈蓉便起身出去。「這鳳姐忽又想起一件事來，便向窗外叫：『蓉兒，回來。』……賈蓉忙轉回來，……鳳姐只管慢慢地吃茶，出了半日神，忽然把臉一紅，笑道：『罷了，你且去罷。晚飯後，你來再說罷。……』賈蓉答應個『是』，抿著嘴兒一笑，方慢慢退去」（第六回），此境此情，鳳姐心中想起什麼，誰能猜出。難怪賈璉才說：「他防我像防賊的似的；只許他同男子說話，不許我和女人說話。我和女人說話，略近些，他就疑惑；他不論小叔子、姪兒、大的、小的，說說笑笑，就不怕我吃醋了。——以後我也不許他見人！」（第二十一回）賈璉是否真起疑心，我們不欲多談。而榮府賈赦一房的「髒唐臭漢」，觀賈蓉之言，已可推測出來（第六十三回）。

賈府的奢靡生活

賈珍乃「寧府長孫，凡族中事都是他掌管」（第四回），所以賈府生活如何奢靡，應先從寧府說起。

賈珍「恣意奢華」（第十三回），前已提到秦可卿之喪，他對鳳姐說：「只求別存心替我省錢，要好看為上。」（第十三回）到底寧府的收入，一年有多少？

有一年快要除舊之時，賈珍問尤氏：「偺們春祭的恩賞可領了不曾？」尤氏道：「今兒我打發蓉兒關去了。」賈珍說：「偺們家雖不等這幾兩銀子使，多少是皇上天恩。……偺們那怕用一萬銀子供祖宗，到底不如這個有體面，……除偺們這麼一二家之外，那些世襲窮官兒家，要不仗著這銀子，拿什麼上供過年？」（第五十三回）可知寧府此時尚甚富足。在這時候，黑山村烏莊頭（名進孝）來了，帶著許多東西，尚有一張單子，上面寫著：

大鹿三十隻。獐子五十隻。麅子五十隻。暹豬二十個。

> 湯豬二十個。龍豬二十個。野豬二十個。家臘豬二十個。野羊二十個。青羊二十個。家湯羊二十個。家風羊二十個。鱘鰉魚二百個。各色雜魚二百斤。活雞、鴨、鵝，各二百隻。風雞、鴨、鵝，各二百隻。野雞、野貓，各二百對，熊掌二十對。鹿筋二十斤。海參五十斤。鹿舌五十條。牛舌五十條。蟶乾二十斤。榛、松、桃、杏瓤，各二口袋。大對蝦五十對。乾蝦二百斤。銀霜炭上等選用一千斤，中等二千斤。柴炭三萬斤。御田胭脂米二擔。碧糯五十斛。白糯五十斛。粉秔五十斛。雜色粱穀各五十斛。下用常米一千擔。各色乾菜一車。外賣粱穀牲口各項，折銀二千五百兩。外門下孝敬哥兒玩意兒：活鹿兩對，白兔四對，黑兔四對，活錦雞兩對，西洋鴨兩對。（第五十三回）

賈珍因見現銀只有二千五百兩，皺眉道：「我算定你至少也有五千兩銀子來。這夠做什麼的？如今你們一共只剩了八九個莊子，今年倒有兩處報了旱潦，你們又打擂臺，真真是叫別過年了！」烏進孝道：「爺的這地方還算好呢。我兄弟離我那裡只一百多地，竟又大差了。他現管著那府八處莊地，比爺這邊多著幾倍，今年也是這些東西，不過二三千兩銀子，也是有饑荒打呢！」（第五十三回）觀上面所引《紅樓夢》原文，可以發現許多問題：一是烏進孝所開單子，自「大鹿三十隻」至「折銀二千五百兩」，當係莊地的收入，而非烏進孝的餽贈。二是「折銀二千五百兩」似是單指「外賣粱穀牲口各項」，而不包括「大鹿三十隻」等等代價在內。三是寧府莊地，據賈珍說，有八九個，榮府莊地，據烏進孝說，有八處由他兄弟管著，何以八處莊地乃比八九個莊地「多著幾倍」？是否榮府每個莊地均比寧府的大些？四是烏進孝所管理的寧府八九處莊地，所納銀子共計二千五百兩，其兄弟所管理的榮府八處莊地，所納銀子共計二三千兩。賈珍謂「今年倒有兩處報了旱潦」，此兩處似包括在八九處之內，又似不包括在八九處之內。如包括在內，則寧榮兩府的收入並不算多，否則寧府一年當有二萬兩銀子的收入，而榮府的收入更多。據周瑞（最初似在榮府，何以此時又在寧府）說：「奴才在這裡經管地租莊子銀錢出入，每年也有三五十萬來往。」（第八十八回）若是，則莊子銀錢之外，尚有地租。寧榮兩府的經常收入當以地租為主，否則不會每年有三五十萬兩之多。

兩府經常收入實在不少。但兩府都甚浪費。寧府當秦可卿病時，有三四位醫生輪流來診，一天有四五遍來看脈，每來一次，可卿就換衣服，坐見醫生。賈珍道：「這孩子也糊塗！何必又脫脫換換的？……孩子的身體要緊，就是一天穿一套新的，也不值什麼。」不久，馮紫英介紹一位醫生姓張名友士的來診，他開了方子，內有人參二錢。賈珍說：「他那方子上有人參，就用前日買的那一斤好的罷。」（第十回）鳳姐也說：「你公公婆婆聽見治得好，別說一日二錢人參，就是二斤也吃得起。」（第十一回）及至秦可卿病歿，開弔出殯，場面之大，可知開銷必多（第十四回）。這猶是特別事故，尚有說也。每年有許多節日，鳳姐拿二百兩銀子給旺兒媳婦，去辦八月中秋的節（第七十二回）。過節用去二百兩銀子，以當時物價言之，不能謂不多。這猶是過節臨時費用，亦有說也。案榮府經常支出最大的，乃是佣人太多。唐時，沈既濟說：「臣計天下財賦耗斁大者唯二事，一兵資，二官俸。」（《新唐書》卷一百三十二〈沈既濟傳〉）宋代亦然，兵多官濫乃耗費的最大原因（參閱拙著《中國社會政治史》）。此兩者皆屬於人事費。理財之道最重要的是儘量減少人事費。一國收入用於人事費太多，則有利於民生的建設費不免因之減少。其尤弊的，常賦不充，則令預借，預借不足，則濫發錢幣，造成通貨膨脹，引起物價騰貴。民不聊生，鋌而走險，盜匪蜂起，而政權就顛覆了。國家財政如此，家庭會計亦然。榮府的人事費即男僕女婢實在太多，當寶玉等遷入大觀園之時，「每一處添兩個老嬤嬤，四個丫頭，除各人奶娘親隨丫頭外，另有專管收拾打掃的」（第二十三回）。讀者請注意「添」之一字，然則未搬入大觀園以前，佣人多少呢？黛玉初入榮府之時，「亦如迎春等一般：每人除自幼乳母外，另有四個教引嬤嬤；除貼身掌管釵釧盥沐兩個丫頭外，另有四五個灑掃房屋來往使役的小丫頭」（第三回）。賈母等處佣人多少，據鳳姐說：賈母屋裡大丫頭八人，如今只有七人，因為一人撥在寶玉房中，那就是襲人，每個大丫頭每月人各月錢一兩（第三十六回）。此外，當然尚有小丫頭，那有名的傻大姐，就是賈母房內的小丫頭（第七十三回），小丫頭月錢多少，不詳。王夫人房裡有四個大丫頭，「一個月一兩銀子的分例，下剩的都是一個月只幾百錢」（第三十六回）。趙姨娘、周姨娘房裡各有兩位丫頭「原是人各一串錢」，後來減半，「人各五百錢」（第三十六回），此大概情形也。

最奇怪的，怡紅院內，佣人特多。襲人本是賈母房裡的人，月錢一兩銀子，晴雯、麝月、秋紋等七個大丫頭，每月人各月錢一吊。佳蕙（不知是否就是蕙香，蕙香見第二十一回）等八個小丫頭，每月人各月錢五百（第三十六回）。至於寶玉所用的小廝共有多少，實難統計。寶玉第一次進入家塾之時，李貴是寶玉奶姆的兒子，年齡較大，小廝有茗烟、掃紅、鋤藥、墨雨等四人（第九回）。賈芸趨謁寶玉之時，見到焙茗（茗烟改名）與鋤藥下象棋，還有引泉、掃花、挑雲、伴鶴四五個小廝在玩小雀（第二十四回）。寶玉赴馮紫英家裡吃飯，帶著焙茗、鋤藥、雙瑞、壽兒四個小廝同去（第二十八回）。此後墨雨（僅於第九十七回出現過一次）、引泉、掃花、挑雲、雙瑞、壽兒六人不再出現於書上。總之，寶玉所用小廝至少必有焙茗、掃紅、鋤藥、伴鶴四人，而焙茗則為寶玉第一個得用的小廝（第九回）。每個小廝月錢多少，書中未曾提及。寶玉一人竟有丫頭大小十六人，小廝至少四人，只此一端，就可知道榮府的浪費。

怡紅院佣人特多，比之賈母、王夫人的佣人還多，這是不合理的事。我在中學讀書時，曾看過一本《紅樓夢》考證（書何名，著者是誰，已經忘記了），依甄士隱所說：「寶玉，即『寶玉』也」（第一百二十回）一語，認為寶玉是代表玉璽，即天子之璽。所謂「金玉良緣」、「木石前盟」（第五回），依五行學說，金指西方，木指東方，所以《紅樓夢》一書乃暗示東宮與西宮之爭寵或皇子與東宮太子之爭奪帝位。余雖不敢深信此說之可靠，但覺得此說頗為合理，否則寶玉所用的婢女小廝何以特別多？

榮府佣人如此之多，此輩是否均有職事？周瑞之妻告訴劉老老說:「我們男的(只指周瑞)只管春秋兩季地租子,閒了時帶著小爺們出門就完了;我只管跟太太奶奶們出門的事。」(第六回)可知每一佣人,職事無不空閒。所以林之孝與賈璉閒談,就趁勢說:

> 人口太眾了,不如揀個空日,回明老太太、老爺,把這些出過力的老家人,用不著的,開恩放幾家出去。一則他們各有營運,二則家裡一年也省口糧月錢。再者,裡頭的姑娘也太多。俗語說:「一時比不得一時。」如今說不得先時的例了,少不的大家委屈些,該使八個的使六個,使四個的使兩個。若各房算起來,一年也可以省得許多月米月錢。(第七十二回)

但是排場慣了,豈能將就省儉。諺云「由儉入奢易,由奢入儉難」,確非虛語。有些人以亂花錢尤其花公家的錢為「大手筆」,才可重用,真是奇怪的想法。

丫頭不但有月錢而已,她們所用的頭油、脂粉、香紙,再加上各處笤箒、簸箕、撣子並大小禽鳥、鹿、兔吃的糧食,據平兒說:「這幾宗雖小,一年通共算了,也省的下四百多銀子。」(第五十六回)

至於上頭的人,由賈母而至姨娘們,月錢多少?據鳳姐向王夫人報告,趙姨娘周姨娘月錢人各二兩,趙姨娘有環兄弟的二兩,共是四兩(第三十六回)。又據鳳姐對李紈說:

> 你一個月十兩銀子的月錢,比我們多兩倍子。老太太、

太太還說你寡婦失業的，可憐不夠用，又有個小子，足足的又添了十兩銀子，和老太太、太太平等；又給你園子裡的地，各人取租子；年終分年例，你又是上上分兒。你娘兒們，主子奴才，共總沒有十個人，吃的穿的仍舊是大官中的。通共算起來，也有四五百銀子。（第四十五回）

由鳳姐這幾句話，可知賈母、邢夫人、王夫人等每月人各月錢二十兩。李紈因為守寡，又有一位孤兒，所以月錢也是每月二十兩。鳳姐說「比我們多兩倍子」，此句是接在「你一個月十兩銀子的月錢」之下，而所謂「多兩倍」，意義不甚明瞭，鳳姐月錢若是每月五兩，則只能說多一倍。要是多二倍，則鳳姐月錢當為三兩三錢強。然此只供她們雜用，至於吃的、穿的一切均由公中供給（第四十五回）。至於迎春等許多姊妹，據探春說：「偺們一月已有了二兩月銀，丫頭們又另有月錢。」探春又說：「偺們一月所用的頭油脂粉，又是二兩。」（第五十六回）這批上頭姑娘們及丫頭們的頭油脂粉等等，是由買辦整批買下，凡需要的，可向買辦領取。此中舞弊極大，茲抄錄平兒與探春、李紈的談話如次：

平兒笑道：「……如今我冷眼看著，各屋裡我們的姐妹都是現拿錢買這些東西的，竟有了一半子。我就疑惑，不是買辦脫了空，就是買的不是正經貨。」探春、李紈都笑道：「你也留心看出來了？脫空是沒有的，只是遲些日子。催急了，不知那裡弄些來，不過是個名兒，其實使不得，依然還得現買。就用二兩銀子，另叫別人的奶媽子的弟兄兒子買來，方才使得。要使官中的人去，依然是那一樣的，不知他們是什麼法子。」平兒便笑道：「買辦買的是那東西，別人買了好的來，買辦的也不依他，又說他使壞心，要奪他的買辦。所以他們寧可得罪了裡頭，不肯得罪了外頭辦事的。要是姑娘們使了奶媽子們，他們也就不敢說閒話了。」（第五十六回）

不但此也，買辦舞弊，帳房也隨之舞弊。探春說：「這一年間，管什麼的，主子有一全分，他們（指帳房）就得半分，這是每常的舊規，人所共知的。」（第五十六回）豈但帳房，過去人士要謁見顯貴，須餽其司閽，使為傳達，賈府的門子就有這個外財可得。例如柳五兒之母到她哥哥家中，走時，她嫂子送了一包茯苓霜，說道：「這是你哥哥昨日在門上該班兒，誰知這五日的班兒，一個外財沒發，只有昨日有廣東的官兒來拜，送了上頭兩小簍子茯苓霜，餘外給了門上人一簍作門禮，你哥哥分了這些。」（第六十回）這是題外的話，不再多贅。總之，賈府婢多僕冗，安得不窮？此事鳳姐知之，她對平兒說：「家裡出去的多，進來的少，凡有大小事兒，仍是照著老祖宗手裡的規矩，卻一年進的產業，又不及先時。多儉省了，外人又笑話，老太太、太太也受委屈，家下也抱怨剋薄。若不趁早兒料理省儉之計，再幾年就都賠盡了！」（第五十五回）甚至黛玉也知之，她對寶玉說：「偺們也太費了，我雖不管事，心裡每常閒了，替他們一算，出的多，進的少。如今若不省儉，必致後手不接。」（第六十二回）寶釵也勸王夫人省儉，她說：「此外還要勸姨娘，如今該減省的就減省些，也不為失了大家的體統。……姨娘深知我家的，難道我家當日也是這樣零落不成？」（第七十八回）

收入不敷支出，年年有赤字預算，賈家尤其榮府窮了，而「日用排場又不能將就省儉」，而如冷子興之言（第二回），結果只有典當，以救燃眉之急。賈蓉笑向賈珍道：「前兒我聽見二嬸娘和鴛鴦悄悄商議，要偷老太太的東西去當銀子呢。」賈珍笑道：「那又是鳳姑娘的鬼！那裡就窮到如此？」（第五十三回）其實，賈蓉之言並不是道聽塗說，榮府確有典當之事。賈璉見鴛鴦與平兒坐在房裡閒談，便乘機向鴛鴦說：

> 這兩日，因老太太千秋，所有的幾千兩都使了。幾處房租、地租，統在九月才得，這會子竟接不上。明兒又要送南安府裡的禮，又要預備娘娘的重陽節，還有幾家紅白大禮，至少還得二三千兩銀子用，一時難去支借。俗語說的好：「求人不如求己。」說不得姐姐擔個不是，暫且把老太太查不著的金銀傢伙，偷著運出一箱子來，暫押千數兩銀子，支騰過去。不上半月的光景，銀子來了，我就贖了交還，斷不能叫姐姐落不是。（第七十二回）

鴛鴦聽了，笑道：「你倒會變法兒！虧你怎麼想了！」鳳姐聽見鴛鴦去了，賈璉進來，鳳姐回問道：「他可應准了？」賈璉笑道：「雖未應准，卻有幾分成了。」（同上）此外還有好數次典當之事，或確是因窮而當，因窮而賣，或則故意在人前典當，以打發宮中太監之打秋風（第七十二回）。賈府太過奢靡，終至典當以救急。周瑞媳婦報告鳳姐說，外面還有歌兒呢，說是：「寧國府，榮國府，金銀財寶如糞土。吃不窮，穿不窮，算來總是一場空。」（第八十三回）

賈赦只知淫樂，「不管理家事」（第二回），當然不知家計的困難。賈政「不慣於俗務」（第十六回），「每公暇之時，不過看書著棋而已」（第四回），故亦不知虧空已久。到了抄家之後，才連連嘆氣想道：「不但庫上無銀，而且尚有虧空。這幾年竟是虛名在外，只恨我自己為什麼糊塗若此！」（第一百六回）他叫現在府內當差的男人進來，問起歷年居家用度，共有若干進來，該用若干出去。那管總的家人將近年支用簿子呈上。賈政看時，近年東莊地租不及祖上一半，如今用度比祖上加了十倍。急的跺腳道：「豈知好幾年頭裡，已經『寅年用了卯年』的，……我如今要省儉起來，已是遲了。」（第一百六回）過了數天，賈母問賈政：「偺們西府裡的銀庫和東省地土，你知道還剩了多少？」賈政只有據實報告，賈母急得眼淚直淌，說道：「怎麼著？偺們家到了這個田地了麼？……據你說起來，偺們竟一兩年就不能支了？」（第一百七回）及至散了餘資之後，她還說：「那知道家運一敗直到這樣！若說外頭好看，裡頭空虛，是我早知道的了，只是『居移氣，養移體』，一時下不了臺就是了。如今借此正好收斂。」（第一百七回）

在賈府破產之時，「那些家奴見主家勢敗，也便趁此弄鬼，並將東莊租稅也就指名借用些」（第一百六回）。觀歷史所載，凡朝代將次顛覆之時，均有此種現象，上自中央大員，下至地方小吏，上焉者持祿固位，多務因循，下焉者知國運之不長，又急急於營私舞弊，為身後之計，豈獨賈府的奴才而已。

賈府子弟的墮落

自賈演、賈源立下軍勳，前者封為寧國公，後者封為榮國公之後，傳到從玉旁之名的，已有四代。雖然上一代從文旁的，尚有寧府的賈敬，榮府的賈赦及賈政。賈敬中過進士（第十三回），他「一味好道，只愛燒丹煉汞，餘者一概不在他心上」（第二回）。當其長孫媳婦（秦可卿）死時，他「自以為早晚就要飛昇，如何肯又回家染了紅塵，將前功盡棄」（第十三回），糊塗如此，便將世襲的官讓給賈珍去做。榮府的賈赦襲了官，冷子興雖說：「為人平靜中和，也不管理家事。」（第二回）其實，賈赦不管家事，確是事實，而其為人，則有寡人之疾，一是好色。賈赦要娶鴛鴦為妾，鴛鴦只咬定牙不願意，他對鴛鴦之兄金文翔說：

> 我說給你，叫你女人和他說去，就說我的話：自古「嫦娥愛少年」；他必定嫌我老了，大約他戀著少爺們！多半是看上了寶玉！——只怕也有賈璉。若有此心，叫

> 他早早歇了！我要他不來，以後誰敢收他？這是一件。第二件：想著老太太疼他，將來外邊聘個正頭夫妻去。叫他細想：憑他嫁到了誰家，也難出我的手心！除非他死了，或是終身不嫁男人，我就服了他！要不然時，叫他趁早回心轉意，有多少好處！（第四十六回）

威脅不成，「只得各處遣人購求尋覓，終久費了五百兩銀子買了一個十七歲女孩子來，名喚嫣紅，收在屋裡」（第四十七回）。二是好貨，賈赦把賈璉打的動不得，據平兒告訴寶釵說：

> 今年春天，老爺不知在那個地方看見幾把舊扇子，回家來，看家裡所有收著的這些好扇子，都不中用了，立刻叫人各處搜來。誰知就有個不知死的冤家，混號兒叫做石頭獃子，窮的連飯也沒的吃，偏偏他家就有二十把舊扇子，死也不肯拿出大門來。二爺好容易煩了多少情，……拿出這扇子來略瞧了一瞧。據二爺說：原是不能再得的，全是湘妃椶竹、麋鹿玉竹的，皆是古人寫畫真跡。回來告訴了老爺，便叫買他的，要多少銀子給他多少。偏那石獃子說：「我餓死，凍死，一千兩銀子一把，我也不賣！……要扇子先要我的命！」……誰知那雨村——沒天理的——聽見了，便設了法子，訛他拖欠官銀，……把這扇子抄了來，做了官價送了來！那石獃子如今不知是死是活。老爺問著二爺說：「人家怎麼弄了來了？」二爺只說了一句：「為這

> 點子小事，弄的人家傾家敗產，也不算什麼能為。」老爺聽了就生了氣，說二爺拿話堵老爺呢。……過了幾日，還有幾件小的，……所以都湊在一處，……打了一頓，臉上打破了兩處。（第四十八回）

賈赦為人如此，雖襲了官，榮府家務卻交賈璉去辦。總之，寧榮兩府管理家事的，都是玉字輩的人。此輩距離祖宗創業，已歷四代。他們長於官邸之中，入則在丫鬟之手，出則唯幕賓清客。丫鬟是奴婢，幕賓清客則為師友。奴婢以伺喜怒為賢，師友若亦愛憎主人之所愛憎，則為逢迎。他們看到賈府勢力，自不免依阿附順。賈府子弟沉淪富貴，驕侈無忌，由玉字輩管理家務，求其保全先緒，已經不易，更何能望其紹承祖業，大振家聲。冷子興說：「誰知這樣鐘鳴鼎食之家，翰墨詩書之族，如今養的兒孫竟一代不如一代了。」（第二回）確實不錯。固然榮府尚有一位賈政，「自幼酷喜讀書，為人端方正直」（第二回），但他是榮府次房，「素性瀟灑，不以俗事為要，每公暇之時，不過看書著棋而已」（第四回）。他聽了馮紫英談到賈雨村說道：「不過幾年，陞了吏部侍郎、兵部尚書，為著一件事降了三級，如今又要陞了。」馮紫英道：「人世的榮枯，仕途的得失，終屬難定。」賈政道：「就是甄家，……一會兒抄了原籍的家財，……不知他近況若何，心中也著實惦記著。」賈赦道：「偺們家是再沒有事的。」馮紫英道：「果然尊府是不怕的……你們家自老太太起，至於少爺們，沒有一個刁鑽刻薄的。」賈政道：「雖無刁鑽刻薄的，卻沒有德行才情。白白的衣租食稅，那裡當得起？」賈赦道：

「偺們不用說這些話，大家吃酒罷。」（第九十二回）賈政尚有知己之明，賈赦不聽逆耳之言，由此可以知道。

我研究賈府子弟所以一代不如一代，到了草字輩，如賈蓉、賈薔、賈芹等便變成敗家之子。考其原因，乃由於賈府不甚注重子弟的教育。寶玉上學之時，家塾只請一位同宗賈代儒。代儒年齡已老，何能嚴格管教許多學童？賈政雖知代儒學問中平，只因他是本家中有年紀，且有點學問的人，還彈壓得住這些小孩子們，不至以顢頇了事（第八十一回）。吾觀代儒在賈府中的地位，未必比賴大、林之孝等為高。王夫之說：「學政唯宋為得，師儒皆州縣禮聘，而不繫職於有司……督學官一以賓禮接見，不與察計之列。」（《噩夢》）顧炎武說：「漢世之於三老，命之以秩，頒之以祿……當日為三老者多忠信老成之士也。上之人所以禮之者甚優，是以人知自好，而賢才亦往往出於其間。新城三老董公遮說漢王，為義帝發喪，而遂以收天下。壺關三老茂上書，明戾太子之冤，史冊炳然，為萬世所稱道。」（《日知錄》卷八〈鄉亭之職〉）哪裡有同後代那樣，中小學校長見到督學官，鞠躬如也；一聽縣長來校參觀，又引率全校師生站在門口歡迎並歡送。師道尊嚴已經掃地，所謂尊師重道更不必談了。代儒之在賈府，固然沒有如斯下賤，但他因事告假，就將學中之事，交給長孫賈瑞管理。以賈府子弟之多，又兼有親戚的子姪附學，「未免人多了，就有龍蛇混雜，下流人物在內」。而代課的賈瑞「最是個圖便宜沒行止的人，每在學中，以公報私，勒索子弟們請他。後又助著薛蟠（他「假說來上學，不過是三日打魚，兩日曬網，白送些束脩禮物與賈代儒，卻不曾有一點兒進益」），圖些銀錢酒肉，一任薛蟠橫行霸道，他不但不去管約，反『助紂為虐』，討好兒」。結果，就發生了頑童大鬧書房之事，難怪李貴（寶玉奶姆的兒子）道：「這都是瑞大爺的不是。太爺（代儒）不在這裡，你老人家就是這學裡的頭腦了，眾人看你行事。眾人有了不是，該打的打，該罰的罰，如何等鬧到這步田地還不管呢？……素日你老人家到底有些不是，所以這些兄弟不聽。」（第九回）

寶玉入學時候，情形如此，我想賈珍、賈璉幼時讀書，也必相差不遠。冷子興說：「這珍爺那裡肯讀書？只一味高樂不了，把那寧國府竟翻了過來，也沒有敢來管他的人。」（第二回）賴嬤嬤（賴大的母親）也說：「如今我眼裡看著，耳朵裡聽著，那珍大爺管兒子，……只是著三不著兩的。他自己也不管一管自己，這些兄弟姪兒怎麼怨的不怕他？」（第四十五回）

前已述過賈赦好色兼好貨之事。他買了一個十七歲女孩來，名喚嫣紅，收在屋裡（第四十七回），又將房中一個十七歲的丫鬟，名喚秋桐，賞給賈璉為妾。賈璉「素昔見賈赦姬妾丫鬟最多，每懷不軌之心，只未敢下手；今日天緣湊巧，竟把秋桐賞了他，真是一對烈火乾柴，如膠投漆，燕爾新婚，連日那裡拆得開」（第六十九回）。我想賈赦與賈璉，猶如賈珍與賈蓉，名為父子，實則無異酒色朋友。

寶玉神遊太虛境之時，看了金陵十二釵正冊，最後一圖，其判云：「漫言不肖皆榮出，造釁開端實在寧。」（第五回）賈府子姪種種不正行為多開始於寧府，我們姑不提寶玉夢作雲雨之事，是在寧府（第五回）。寶玉會秦鐘，後來似有龍陽之嗜，也在寧府（第七回，第九回，第十五回）。賈瑞遇到鳳姐而起淫心，是在賈敬壽辰開夜宴之時（第十一回，第十二回）。賈璉偷娶尤二姐，是因賈敬歸天，出殯未葬，而賈蓉包藏禍心，極力慫恿（第六十四回，第六十五回）。這種醜事無不發生於寧府。其最不堪的，如開賭場、玩男妓等等無一不由寧府作俑。茲只舉一例為證，讀者若不厭煩，試將《紅樓夢》原文摘要如次：

> 賈珍近因居喪（賈敬一心想做神仙，參星禮斗，守庚申，服靈砂，卒至燒脹而歿，見第六十三回），不得遊玩，無聊之極，便生了個破悶的法子，日間以習射為由，請了幾位世家弟兄及諸富貴親友來較射。……立了罰約，賭個利物，……命賈蓉做局家。……賈珍志不在此，再過幾日，便漸次以歇肩養力為由，晚間或抹骨牌，賭個酒東兒，至後漸次至錢。……竟一日一日的賭勝於射了，公然鬪葉擲骰，放頭開局，大賭起來。……近日邢夫人的胞弟邢德全（人們都叫他傻大舅）也酷好如此，所以也在其中；又有薛蟠（早已出名的獃大爺）頭一個慣喜送錢與人的，見此豈不快樂？……。
>
> 且說尤氏潛至窗外偷看。其中有兩個陪酒的小么兒，都打扮的粉粧錦飾。今日薛蟠又擲輸了，正沒好氣，幸而後手裡漸漸翻過來了，除了沖帳的，反贏了好些，心中自是興頭起來。賈珍道：「且打住，吃了東西再來。」因問：「那兩處怎麼樣？」此時打天九趕老羊的

未清，先擺下一桌，賈珍陪著吃。薛蟠興頭了，便摟著一個小么兒喝酒，又命將酒去敬傻大舅。

傻大舅輸家，沒心腸，喝了兩碗，便有些醉意，嗔著陪酒的小么兒只趕贏家不理輸家了，因罵道：「你們這起兔崽子，真是沒良心的忘八羔子！天天在一處，誰的恩你們不沾？只不過這會子輸了幾兩銀子，你們就這樣三六九等兒的了。難道從此以後再沒有求著我的事了？」眾人見他帶酒，那些輸家不便言語，只抿著嘴兒笑。那些贏家忙說：「大舅罵的很是。這些小狗攮的們都是這個風俗兒。」因笑道：「還不給舅太爺斟酒呢！」

兩個小孩子都是演就的圈套，忙都跪下奉酒，扶著傻大舅的腿，一面撒嬌兒，說道：「你老人家別生氣，看著我們兩個小孩子罷。我們師父教的：不論遠近厚薄，只看一時有錢的就親近。你老人家不信，回來大大的下一注，贏了，白瞧瞧我們兩個是什麼光景兒！」說的眾人都笑了。這傻大舅掌不住也笑了，一面伸手接過酒來，一面說道：「我要不看著你們兩個素日怪可憐見兒的，我這一腳，把你們的小蛋黃子踢出來。」說著，把腿一抬。兩個孩子趁勢兒爬起來，越發撒嬌撒癡，拿著灑花絹子，托了傻大舅的手，把那鍾酒灌在傻大舅嘴裡。

傻大舅哈哈的笑著，一揚脖兒，把一鍾酒都乾了，因擰了那孩子的臉一下兒，笑說道：「我這會子看著又怪心疼的了！」（第七十五回）

這一幕寫得妙極，也寫得下流極。此種下流作風當然傳染到賈府年輕的一輩。薛蟠生日前一天，請寶玉吃便飯。問寶玉打算送什麼禮物，寶玉說，惟有寫一張字，或畫一張畫。

> 薛蟠笑道：「你提畫兒，我才想起來了。昨兒我看人家一本春宮兒，畫的著實好，……看落的款，原來是什麼『庚黃』的。真好的了不得！」寶玉聽說，心下猜疑……想了半天，……命人取過筆來，在手心裡寫了兩個字，……將手一撒給他看，道：「可是這兩個字罷？其實與『庚黃』相去不遠。」眾人都看時，原來是「唐寅」兩個字。（第二十六回）

我為什麼把這一段文字抄下？此時寶玉年齡大約不及十六歲，以如斯年齡的小孩而竟知道唐寅所畫的春宮，無乃太過聰明。今人多謂現在小孩早熟，哪知賈府子弟比現今小孩還快早熟。今人常主張小孩應授以「性教育」，哪知賈府子弟關於性教育，還能依王陽明學說，知行合一。傻大姐在大觀園內拾到的妖精打架圖畫（第七十三回），安知不是寶玉叫小廝茗烟在外面買來，不慎丟在地上呢？因為寶玉曾經看到茗烟按著一個女孩子，幹那妖精打架的事（第十九回）。

薛蟠過生之後，越數日，神武將軍馮唐公子馮紫英請寶玉、薛蟠到他家裡吃便飯，陪坐的有唱小旦的蔣玉函，又有錦香院的妓女雲兒。寶玉見蔣玉函「嫵媚溫柔，心中十分留戀」，乃交換禮物（第二十八回），由此可知當時官家子弟大率是膏粱輕薄之徒。

寶玉深居簡出，尚且如此，則賈蓉、賈薔、賈芹等更不必說了。尤二姐未嫁賈璉以前，其風度不似大家出身的姑娘，賈蓉對她，言語及舉動亦不像世家子弟（第六十三回以下）。賈薔每日「鬥雞走狗、賞花閱柳」（第九回）。他與齡官，一方千般體貼，一方萬般柔情，竟令寶玉「深悟人生情緣各有分定」（第三十六回）。至於賈芹，簡直是下流的輕薄子。鳳姐派他在水月庵照管雜務，而他竟把清淨的尼姑庵改造為骯髒的妓女院，而致榮府門上貼張「大字報」，上面寫著：

> 「西貝草斤」年紀輕，水月庵裡管尼僧。一個男人多少女，窩娼聚賭是陶情。不肖子弟來辦事，榮國府內好聲名。

賈政看了，氣的頭昏目暈，一方叫人去喚賈璉出來，告以水月庵之事，同時叫賴大到水月庵去，把那些女尼姑女道士一齊拉回來。賴大到了水月庵，果然看見賈芹同那些女孩子們飲酒作樂。賴大押著賈芹等回到榮府，此時賈政已赴衙門上班。賈璉因為賈芹平素常在一處玩笑，乃拉著賴大，央他：「護庇護庇罷，只說芹哥兒是在家裡找了來的。……明日你求老爺，也不用問那些女孩子了。竟是叫了媒人來，領了去一賣完事。……」賴大想來，鬧也無益，且名聲不好，也就應了（第九十三回），「晚上賈政回來，賈璉、賴大回明賈政。賈政本是省事的人，聽了也便撂開手了」（第九十四回）。一場有關榮府名譽的風波，就這樣馬馬虎虎的結束。

吾研究賈芹之事能夠敷衍下去，不外三種原因：

一是賈政派賈璉會同賴大查辦，然而賈璉與賈芹「平素常在一處玩笑」。查辦的人與被查辦的人不但素有交情，而且共同遊玩，當然要同顧炎武所說：「情親而弊生，望輕而法玩。」(《日知錄》卷九〈部刺史〉) 何況賈璉平日行止又和賈芹差不了多少，叫他查辦賈芹淫亂之事，何能盡職而不敷衍了事？

二是賴大有鬧大了，「名聲不好」的顧慮，即家醜不欲外揚之意。哪知醜而揚之，其醜自消，醜而欲蓋，其醜彌彰。家事如此，國事亦然。哪一個國家沒有不肖的官吏，其所以不會辱及國譽者，蓋有司自行檢舉，法院依法制裁，國有紀律，不但可以警戒官吏，且可以培養平民守法之心。賴大出身於奴才，其有如斯觀念，固不足怪。抗戰勝利，我曾晤及某省主席，問他該省有否共黨潛伏。他勃然變色說：「我所治的省，每一縣，每一鄉鎮，無不安堵，共匪何敢潛伏。」我知道此君要表示自己的才幹，豈知不及半載，言猶在耳，該省共黨猖獗乃在各省之冠。此無他，這位主席不欲家醜外揚，又欲粉飾太平，以保全自己的地位。

三是賈政「本是省事的人」。吾人以為齊家猶如治國，有的事可以省，有的事萬不可省。擺場面是愈省愈好的，整風紀，則省事只有長亂導奸。宋代李覯有一首詩：「喜聞吉事怕聞凶，天下人心處處同，乍出山來言語拙，莫將刺字謁王公。」賈政早就知道賈家子姪「沒有德行才情」(第九十二回)，而乃不加教訓，只以省事為務，就是出於「喜聞吉事怕聞凶」的心理。

賈母在賈府中的地位

我們不必討論父權社會以前，是否尚有母權社會。換言之，在原始社會，女權是否比男權大些，我們無須研究。吾國古代大率是外事由男主之，內事由女主之。即《易經．家人卦》所說：「女正位乎內，男正位乎外。」亦即《禮記》所說：「男不主內，女不主外。」（《禮記注疏》卷二十七〈內則〉）「男子居外，女子居內」（同上卷二十八〈內則〉）。此乃分工合作之意，本來沒有平等不平等的意思。依《紅樓夢》所述，家庭之內，女權似比男權為大。吾國於美國二百年建國紀念之時，送了一個大銅牌，內刻〈禮運〉中「大同」一段，美國人見中有「男有分，女有歸」之句，謂其是男女不平等之語，拒絕放在公園之內。吾未見譯文如何，其實，外國男女平權思想也不過開始於十九世紀之末，而男女不平等的現象，在文字上尚留有遺跡。英語之 man，德語之 Mann，法語之 homme，均有兩個意義，一指人類，二指男人。如是，則人類之中似不包括女人，換言之，女人乃不視為人類了。這比之「男有分，女有歸」，到底哪一方更不平等？

題外之言，到此為止。寧榮兩府傳到文旁輩，尤其玉旁輩，已經忘記祖宗九死一生，創業之艱難。他們自幼生長於富貴之家，不知守成亦非易。寧府的賈敬「一心想做神仙」，因之，把官讓給其子賈珍（第二回）。賈珍乃紈袴公子，只知花天酒地，就由其妻尤氏管理家事。在榮府，賈赦居長，「不管理家事」（第二回），其弟政「不慣於俗務」（第十六回），家務就由賈赦之子璉去管。但賈璉和賈珍一樣，都是酒色之徒，「不喜正務」（第二回），於是家事就由璉妻鳳姐管理。總而言之，寧榮兩府管家的權均落在婦女手上（尤氏及鳳姐）。依吾國古禮，男人不管內事，則寧榮兩府內事由婦女去管，似無反於吾國古代傳統的禮教。我於《紅樓夢》中，總覺得婦女甚有權力。

在賈府婦女之中，賈母年齡最長，其輩分亦最高，寧府的賈敬，輩分尚低她一級。因之，寧榮兩府主子尤其管理榮府家務的鳳姐常看賈母眼色，依賈母之意行事。賈母年齡已老，其常在賈母身邊的，是丫頭鴛鴦。她不但伺候賈母，且能先意承志，代盡子道。據賈母說：

> 我的事情，他（鴛鴦）還想著一點子。該要的，他就要了來；該添什麼，他就趁空兒告訴他們添了。鴛鴦再不這麼著，……裡頭外頭，大的小的，那裡不忽略一件半件？我如今反倒自己操心去不成？還是天天盤算，和他們要東要西去？……我凡做事的脾氣性格兒，他還知道些。……我有了這麼個人，就是媳婦孫子媳

婦想不到的，我也不得缺了，也沒氣可生了。(第四十七回)

即鴛鴦之於賈母，無異於漢代的內朝官，其權力可與尚書令比擬。所以辦事的人要知道賈母的意思，不能不向鴛鴦打聽。賈母為鳳姐攢金慶壽，託寧府尤氏辦理，尤氏「便走到鴛鴦房中，和鴛鴦商議，只聽鴛鴦的主意行事，何以討賈母喜歡」(第四十三回)。李紈說：

老太太屋裡要沒鴛鴦姑娘，如何使得？從太太起，那一個敢駁老太太的回？他現敢駁回，偏老太太只聽他一個人的話。老太太的那些穿帶的，別人不記得，他都記得，要不是他經管著，不知叫人誆騙了多少去呢！況且他心也公道，雖然這樣，倒常替人上好話兒，還倒不倚勢欺人的。(第三十九回)

惜春聽了，笑道：「老太太昨日還說呢，他比我們還強呢！」大凡老年人都喜歡熱鬧，賈珍說：「老祖宗是愛熱鬧的。」(第十一回) 鳳姐生日，賈母發起攢金慶壽 (第四十三回)；寶釵生日，賈母便自己捐資二十兩銀子，喚鳳姐去備酒席 (第二十二回)；探春初結海棠社，賞桂花，吃螃蟹，史湘雲作東，賈母一請就到，且說：「倒是他有興頭，須要擾他這雅興。」(第三十八回) 蘆雪亭即景詠詩，未請賈母，詩方詠罷，賈母竟然冒雪來湊熱鬧 (第五十回)。過年過節固不必說，每年十一月初一日，依老規矩，也辦消寒會，喝酒說笑。

有一年，寶玉以為賈母忘了，哪知賈母對此高興的事，絕不會忘，且叫寶玉不用上學（第九十二回）。賈母喜歡劉老老，就是因為劉老老能湊趣，任由鳳姐、鴛鴦拿她取笑，絕不之惱。賈母在大觀園內曉翠堂開宴，特叫劉老老入坐，劉老老裝傻裝狂，說些獃話，引起「上上下下都一齊哈哈大笑起來」。及至鴛鴦行酒令，而用骨牌副。所謂骨牌副，即取骨牌三張而能成為一副的，將這三張牌拆開，先說第一張，次說第二張，再說第三張，合成這一副的名字。例如鴛鴦對賈母所說，一張是天，一張是五合六，一張是六合一，合起來，成為五個六，這叫做巧六，成為一副。其對薛姨媽所說，一張是五六，一張又是五六，一張是二五，即三張牌三頭相同，均有五，除去五，其餘（六，六，二）合起來，共十四點。凡在十四點以上，均成一副，十三點以下，則不成副。鴛鴦用韻語說一張，對方所說，無論詩、詞、歌、賦、成語、俗語，比上一句，都要合韻，錯了罰酒。此種酒令輪到劉老老，她的答詞，滑稽百出，「眾人聽了，鬨堂大笑起來」，哄得賈母笑道：「今日實在有趣。」（第四十回，第四十一回）

賈母暇時常以打牌為戲。昔日膏粱婦女在家無事，常設法消磨光陰，鳳姐事忙，亦曾在寧府「玩了一回牌」（第七回），又「在上房算了輸贏帳」（第二十回）。賈母或「同幾個老管家的嬤嬤鬪牌」（第二十回），李紈、鳳姐對賴嬤嬤說：「閒時坐個轎子進來，和老太太鬪鬪牌，說說話兒，誰好意思的委屈了你？」（第四十五回）或同家裡孫媳婦玩牌，如「與李紈打『雙陸』，鴛鴦旁邊瞧著。李紈的骰子好，擲下去，把老太太的錘打下了好幾個去，鴛鴦抿著嘴兒笑」（第八十八回)。打牌本來只是解悶，要是一桌的人都板了臉孔，注意輸贏，那又何必空費時間，自討苦吃。賈母打牌，同時喜歡有人說說笑笑，鳳姐就有這個本領。鳳姐知賈母好熱鬧，更喜詼笑打諢。當賈赦要娶鴛鴦為妾，鴛鴦不願意，跪在賈母之前，一面發誓這一輩子要伏侍老太太歸了西，一面從袖內取出剪刀，打開頭髮，要鉸下來。賈母氣得渾身打戰（第四十六回)，大罵邢夫人之後，命人去請薛姨媽等打牌。此時如何消釋賈母的怒氣，實有賴於鳳姐的滑稽。此段寫得極好，茲將原文摘要如次：

> 鳳姐兒道：「再添一個人熱鬧些。」賈母道：「叫鴛鴦來。叫他在這下手裡坐著。姨太太的眼花了，偺們兩個的牌都叫他看著些兒。」鳳姐笑了一聲，向探春道：「你們知書識字的，倒不學算命？」探春道：「這又奇了，這會子你不打點精神，贏老太太幾個錢，又想算命？」鳳姐兒道：「我正要算算今兒該輸多少，我還想贏呢！你瞧瞧，場兒沒上，左右都埋伏下了。」說的賈母薛姨媽都笑起來。
>
> 一時，鴛鴦來了，便坐在賈母下首。鴛鴦之下便是鳳姐兒。鋪下紅氈，洗牌告么，五人起牌。鬬了一回，鴛鴦見賈母的牌已十成，只等一張二餅，便遞了暗號與鳳姐兒。鳳姐兒正該發牌，便故意躊躇了半晌，笑道：「我這一張牌定在姨媽手裡扣著呢，我若不發這一張牌，再頂不下來的。」薛姨媽道：「我手裡並沒有你的牌。」鳳姐兒道：「我回來是要查的。」薛姨媽道：

「你只管查，你且發下來，我瞧瞧是張什麼。」鳳姐兒便送在薛姨媽跟前。薛姨媽一看是個二餅，便笑道：「我倒不稀罕他，只怕老太太滿了。」鳳姐聽了，忙笑道：「我發錯了！」賈母笑的已擲下牌來，說：「你敢拿回去！誰叫你錯的不成？」……又向薛姨媽笑道：「我不是小氣愛贏錢，原是個彩頭兒。」……。

鳳姐兒正數著錢，聽了這話，忙又把錢穿上了，向眾人笑道：「夠了我的了！竟不為贏錢，單為贏彩頭兒。我到底小氣，輸了就穿錢，快收拾起來罷。」賈母規矩是鴛鴦代洗牌的，便和薛姨媽說笑，不見鴛鴦動手，賈母道：「你怎麼惱了，連牌也不替我洗？」鴛鴦拿起牌來笑道：「奶奶不給錢麼？」賈母道：「他不給錢，那是他交運了！」便命小丫頭把他那一吊錢都拿過來。小丫頭子真就拿了，擱在賈母旁邊。鳳姐兒笑道：「賞我罷！照數兒給就是了。」薛姨媽笑道：「果然鳳姐兒小器，不過玩兒罷了。」

鳳姐兒聽說，便站起來，拉住薛姨媽，回頭指著賈母素日放錢的一個木箱子，笑道：「姑媽瞧瞧！那個裡頭不知玩了我多少去了！這一吊錢，玩不了半個時辰，那裡頭的錢就招手兒叫他了。只等把這一吊也叫進去了，牌也不用鬪了，老祖宗氣也平了，又有正經事差我辦去了。」話未說完，引的賈母眾人笑個不住。正說著，偏平兒怕錢不夠，又送了一吊來，鳳姐兒道：「不用放在我跟前，也放在老太太的那一處罷。一齊叫進去倒省事，不用做兩次，叫箱子裡的錢費事。」

> 賈母笑的手裡的牌撒了一桌子，推著鴛鴦，叫：「快撕他的嘴！」（第四十七回）

在榮府之中，最受賈母寵愛的有兩個人，一是寶玉，二是鳳姐。其愛寶玉有近於溺愛不明。賈母對張道士說：「他（寶玉）外頭好，裡頭弱；又搭著他老子逼著他念書，生生兒的把個孩子逼出病來了。」（第二十九回）賈母忽然想起，向賈政笑道：「元春甚惦念寶玉。」賈政陪笑道：「只是寶玉不大肯念書，辜負了娘娘的美意。」賈母道：「你們時常叫他出去作詩作文，難道他都沒作上來麼？小孩子家慢慢的教導他。可是人家說的，『胖子也不是一口兒吃的』。」賈政聽了這話，忙陪笑道：「老太太說的是。」（第八十四回）祖母溺愛孫子，竟令父親不敢管束了。前此賈政聽到寶玉「在外流蕩優伶，去贈私物；在家荒疏學業，逼淫母婢」，喝令小廝將寶玉按在凳上，舉起大板，打了十來下。賈政還嫌打的輕，自己拿過板子來，狠命的又打了十幾下。賈母聞此消息，急趕出來，上氣不接下氣的說道：「先打死我，再打死他，就乾淨了！」又叫王夫人道：「你也不必哭了。如今寶玉兒年紀小，你疼他；他將來長大，為官作宦的，也未必想著你是他母親了。你如今倒是不疼他，只怕將來還少生一口氣呢！」（第三十三回）賈母如何溺愛寶玉，觀此就可明白。寶玉要多加管束，王夫人何嘗不知，她對襲人說：「我已經五十歲的人了，通共剩了他（寶玉）一個，他又長的單弱，況且老太太寶貝似的，要管緊了他，倘或再有個好歹兒，或是老太太氣著，那時上下不安，倒不好，所以就縱壞了他了。」（第三十四回）這幾句話果然是由衷之言麼?王夫人曾代寶玉說謊。賈政問道：「誰叫襲人？」王夫人道：「是個丫頭。」賈政道：「是誰起這樣刁鑽的名字？」王夫人見賈政不喜歡了，便替寶玉掩飾道：「是老太太起的。」（第二十三回）寶玉既為賈母所鍾愛，依韓非說：「為人主而大信其子，則姦臣得乘於子以成其私。為人主而大信其妻，則姦臣得乘於妻以成其私。」（《韓非子》第十七篇〈備內〉）因此，賈府的人上上下下對於寶玉，多另眼看待。邢夫人與人落落難合，而對於寶玉乃「百般摸索撫弄」，卒引起賈環心中不自在，暗示賈蘭一同辭別（第二十四回）。

賈母為一家之長，榮府兒孫皆其直系親屬，在理應該愛無差等，然她對於兒子，愛賈政及王夫人乃比其愛賈赦及邢夫人多些；對於孫子，賈璉如何，《紅樓夢》未曾明白告訴我們；而其愛護寶玉與厭惡賈環，明顯得可成為對比。賈母與李紈打雙陸，見寶玉提了兩個小籠子，籠內有幾個蟈蟈兒。

> （寶玉）說道：「我聽說老太太夜裡睡不著，我給老太太留下解解悶。」……賈母道：「你沒淘氣，不在學房裡念書，為什麼又弄這個東西呢？」寶玉道：「不是我自己弄的。前兒因師父叫環兒和蘭兒對對子，環兒對不來，我悄悄的告訴了他，他說了，師父喜歡，誇了他兩句。他感激我的情，買了來孝敬我的。我才拿了來孝敬老太太的。」賈母道：「他沒有天天念書麼？為什麼對不上來？對不上來，就叫你儒太爺打他的嘴巴子，看他臊不臊！……那環兒小子更沒出息：求人替

> 做了，就變著方法兒打點人。這麼點子孩子就鬧鬼鬧神的，也不害臊！趕大了，還不知是個什麼東西呢！」……賈母又問道：「蘭小子呢？做上來了沒有？這該環兒替他了。他又比他小了，是不是？」寶玉笑道：「他倒沒有，卻是自己對的。」賈母道：「我不信；……」寶玉笑道：「實在是他作的，師父還誇他明兒一定有大出息呢。……」賈母道：「果然這麼著，我才喜歡。我不過怕你撒謊，既是他做的，這孩子明兒大概還有一點兒出息。」（第八十八回）

看此一段敘述，可知賈母深惡賈環。寶玉謂師父還誇賈蘭一定有大出息，賈母乃改為「還有一點兒出息」。其不甚愛其曾孫，由此亦可知道。海棠花萎了一年，忽又於十一月中開花，寶玉、賈環、賈蘭三人均即景詠詩，念給賈母聽聽，賈母聽畢，便說：「我不大懂詩，聽去倒是蘭兒的好，環兒做的不好。」賈蘭的詩由李紈代念，賈母特別稱許賈蘭，而不批評寶玉的詩（第九十四回），此中理由足供我們思索。案賈蘭自幼失怙，喜讀書（第一百十回），他由賈母看來，是唯一的曾孫，由王夫人看來，是唯一的孫子，在理，應該深得祖母及曾祖母的寵愛。但吾讀《紅樓夢》之後，覺得賈蘭不但與曾祖母，即與祖母均不甚親熱。王夫人之於賈蘭猶如賈母之於寶玉。賈母捨其子而愛其孫，王夫人捨其孫而愛其子，這由我們男人觀之，覺得奇怪。只唯賈政有一次不見賈蘭，便問「怎麼不見蘭哥兒」，「忙遣賈環與兩個婆子將賈蘭喚來。賈母命他在身邊坐了，抓菓子給他吃」（第二十二回）。及至賈蘭與寶玉去應鄉試，考畢出場，寶玉失蹤，「賈蘭也都忘卻了辛苦，還要自己找去。倒是王夫人攔住道：『我的兒，你叔叔丟了，還禁得再丟了你麼？好孩子，你歇歇去罷！』」（第一百十九回）王夫人愛惜賈蘭，《紅樓夢》一書之中，似只有這一次。

賈母不大喜歡賈赦，賈赦當然知道，故當輪流講笑話之時，竟然說出「你不知天下作父母的，偏心的多著呢」（第七十五回），此話深深的傷了賈母的心，賈赦出去，被石頭絆了一下，歪了腿，賈母忙命兩個婆子去看，婆子回來說：「如今調服了藥，疼的好些了，也沒大關係。」賈母點頭嘆道：「我也太操心！打緊說我偏心，我反這樣。」（第七十六回）賈環作詩，賈赦看了，便連聲讚好道：「這詩據我看，甚是有氣骨。想來偺們這樣人家，原不必寒窗螢火，只要讀些書，比人略明白些，可以做得官時，就跑不了一個官兒的。何必多費了工夫，反弄出書獃子來？所以我愛他這詩，竟不失偺們侯門的氣概！」因回頭吩咐人去取自己的許多玩物來賞賜與他，因又拍著賈環的腦袋，笑道：「以後就這樣做去，這世襲的前程就跑不了你襲了。」（第七十五回）賈赦是榮府長房，襲了官，赦死，其官應由賈璉襲之。賈璉無子，亦應由賈珠之子賈蘭或寶玉襲之，絕輪不到賈環。其所以特別稱讚賈環，似是反抗賈母的偏愛，願把世襲的官讓給賈母最厭惡的賈環。

鳳姐能言善語，甚得賈母歡心。寶釵生日，賈母叫鳳姐點戲，她「知賈母喜熱鬧，更喜謔笑科諢」，便點了〈劉二當衣〉，「賈母果真喜歡」（第二十二回）。賈母對寶釵說：「鳳兒嘴乖，怎麼怨得人疼他？」（第三十五回）又對王夫人說：

「我倒歡喜他（鳳姐）這麼著（用討好的話，開賈母玩笑）。況且他又不是那真不知高低的孩子。家常沒人，娘兒們原該說說笑笑。橫豎大禮不錯就罷了。沒的倒叫他們神鬼似的做什麼？」（第三十八回）鳳姐生日，「賈母心想今日不比往日，定要教鳳姐痛樂一日」；飲酒時，賈母不時吩咐尤氏等，「讓鳳丫頭坐上面，你們好生替我待東，難為他一年到頭辛苦」；又命尤氏等，「你們都輪流敬他。他再不吃，我當真的就親自去了」（第四十四回）。賈母冒雪，參加蘆雪亭聚會，不久，鳳姐笑嘻嘻的來了。《紅樓夢》描寫如次：

> （鳳姐）口內說道：「老祖宗今兒也不告訴人，私自就來了，叫我好找！」賈母見他來了，心中喜歡，道：「我怕你凍著，所以不許人告訴你去。你真是個小鬼靈精兒，到底找了我來。論禮，孝敬也不在這上頭。」鳳姐兒笑道：「我那裡是孝敬的心找了來呢？我因為到了老祖宗那裡，鴉沒鵲靜的，……我正疑惑，忽然又來了兩個姑子，我心裡才明白了；那姑子必是來送年疏，或要年例香例銀子，老祖宗年下的事也多，一定是躲債來了。我趕忙問了那姑子，果然不錯，我才就把年例給了他們去了。這會子老祖宗的債主兒已去了，不用躲著了。已預備下稀嫩的野雞，請用晚飯去罷，再遲一回就老了。」他一行說，眾人一行笑。鳳姐兒也不等賈母說話，便命人抬過轎來。賈母笑著，挽了鳳姐兒的手，仍上了轎，帶著眾人，說笑出了夾道東門。（第五十回）

看此一段，賈母說：「我怕你凍著，所以不許人告訴你去。」多麼體貼鳳姐；鳳姐不等賈母說話，就請賈母上轎回去，蓋雪大天冷，怕賈母受寒，多麼愛護賈母。元宵節晚上，賈母命女先兒（說書的女瞎子）說書，講的故事是〈鳳求鸞〉，賈母叫她先說大概，只說幾句，賈母就叫她不用說，發了一篇議論，批評此種書本。《紅樓夢》繼著描寫鳳姐的打諢如次：

> 鳳姐兒走上來斟酒，笑道：「罷！罷！酒冷了，老祖宗喝一口潤潤嗓子再掰謊罷。這一回就叫做『掰謊記』，就出在本朝、本地、本年、本月、本日、本時。老祖宗一張口難說兩家話，『花開兩朵，各表一枝。』『是真是謊且不表，再整觀燈看戲的人。』老祖宗且讓這二位親戚（薛姨媽及李嬸娘）吃杯酒，看兩齣戲著，再從逐朝話言掰起，如何？」一面說，一面斟酒，一面笑。未說完，眾人俱已笑倒了。……賈母笑道：「可是這兩日我竟沒有痛快的笑一場；倒是虧他才一路說，笑的我這裡痛快了些，我再吃鍾酒。」吃著酒，又命寶玉：「來敬你姐姐一杯。」（第五十四回）

鳳姐說笑話，哄得賈母喜悅，其例之多，舉不勝舉。商鞅有言：「凡人臣之事君也，多以主所好事君。」（《商君書》第十四篇〈修權〉）韓非亦說：「凡姦臣皆欲順人主之心，以取信幸之勢者也。」（《韓非子》第十四篇〈姦劫弒臣〉）「故曰君無見其所欲，君見其所欲，臣將自雕琢。君無見其意，君見其意，臣將自表異。」（同上第五篇〈主道〉）鳳姐能順賈母之心，以賈母所好，伺候賈母，其深得賈母信任，掌握榮府大權，自有理由。抄家之後，賈母尚不知大禍之降臨，鳳姐實為罪魁。她散餘資，鳳姐一人所得，竟與賈赦、賈珍同為三千兩銀子，而賈赦尚須留下一千兩給邢夫人，賈珍亦須留下二千兩給尤氏，鳳姐則一人自己收著，不許叫賈璉用。且安慰鳳姐說道：「那些事原是外頭鬧起來的，與你什麼相干？」（第一百七回）其實鳳姐已向平兒引咎自責：「雖說事是外頭鬧起，我不放帳，也沒我的事。……我還恍惚聽見珍大爺的事，說是強占良民妻子為妾，不從逼死，有個姓張的在裡頭，你想想還有誰呢？要是這件事審出來，偺們二爺是脫不了的。」（第一百六回）賈母深居簡出，不明真相，以為鳳姐無過，這真是俗諺所謂「溺愛不明」。賈母曾說：「若說外頭好看，裡頭空虛，是我早知道的了。」（第一百七回）她畢竟是位達觀的人，故她又說：「大凡一個人，有也罷，沒也罷，總要受得富貴，耐得貧賤才好呢。」（第一百八回）抄家之後，逢到寶釵誕辰，「一時高興，遂叫鴛鴦拿出一百銀子來，交給外頭，叫他明日起，預備兩天的酒飯」，並對湘雲說：「熱熱鬧鬧的給他做個生日，也叫他喜歡這麼一天。」（第一百八回）然而境況已非昔日可比，大家都提不起興趣了。

二、「木石前盟」還是「金玉良緣」

——大觀園兒女的愛恨嗔痴

寶玉的變態心理及其激烈思想

《紅樓夢》雖然描寫賈府的盛衰歷史，而以榮國府為主。而在榮國府之中，又以寶玉為中心，配以「金陵十二釵」，並副以侍妾丫鬟等「十二金釵副冊」二十四美，所以我們討論《紅樓夢》，不能不述寶玉之為人。

寶玉生長於富貴之家，中舉之後，出家為僧。王夢阮、沈瓶庵所共撰的《紅樓夢索隱》，以為是書全為清世祖（順治）與董鄂妃而作，「董鄂妃即秦淮舊妓嫁為冒襄妾之董小宛。清兵南下，為清將所掠，輾轉獻於清世祖，有寵封貴妃，已而夭逝；世祖哀痛至極，乃遁跡五台山為僧」。胡適對此考證，根據孟純蓀的〈董小宛考〉，謂「小宛生於明天啟四年甲子。清世祖生時，小宛已有十五歲了。若以順治七年入宮，時清世祖方十四歲，而小宛已二十八矣。小宛比世祖年長一倍，何能入宮邀寵」（見三民版《紅樓夢》，饒彬著〈紅樓夢考證〉）。

余雖然不同意王、沈的考證，亦不贊成胡適的反對理由。

胡適根據順治與小宛的年齡，以為十四歲的男孩絕不會愛上二十八歲的婦女。但世上固有畸戀之事。畸戀多發生於兩性關係不大正常的家庭之中。順治之母即孝莊后有下嫁皇太極（順治父）弟多爾袞的傳說，多爾袞「本稱為皇叔攝政王」，尋又晉為「皇父攝政王」（見蕭一山著《清代通史》卷上）。張蒼水《奇零草》有〈建州宮詞〉十首，其七云：「上壽稱為合卺尊，慈寧宮裡爛迎門，春官昨進新儀注，大禮恭逢太后婚。」攝政王死於順治六年，則皇太后與攝政王私通，尋又嫁之，當在順治沖齡之時。順治幼失母愛，及長，愛上年齡較大的婦女，乃是畸戀的普通現象。遠代不談，即以明代言之，明憲宗年十六即位，萬貴妃已三十有五，寵冠後宮，即萬貴妃比憲宗年長一倍以上。此猶就憲宗即位時言之。其實，憲宗在東宮時，萬貴妃已擅寵，即憲宗未志於學以前，已經愛上了萬貴妃（《明史》卷一百十三〈憲宗后妃各傳〉）。憲宗為英宗之子，英宗北狩，代宗即位，代宗性忌刻，自己無子，而又深嫉英宗之子，英宗回國，居南宮，不自得，此時與英宗相伴者乃無子之錢后（同上卷一百十三〈英宗錢皇后傳〉）。憲宗自幼，由於代宗的監視，即與生母（周貴妃，憲宗即位，尊為皇太后）隔離，萬貴妃之能邀寵，至死不衰，亦由於憲宗的畸戀。吾引憲宗與萬貴妃之事，並不是贊成王夢阮、沈瓶庵的考證，而是反對胡適謂「小宛比世祖年長一倍，何能入宮邀寵」之說。

寶玉於性慾方面，似有變態心理。他看到秦鐘「眉清目秀，粉面朱唇，身材俊俏，舉止風流」（第七回），即動了遐思。他在馮紫英家裡，遇到蔣玉函，「見他嫵媚溫柔，心中十分留戀」，取出玉玦扇墜相贈，蔣玉函亦解下一條大紅汗巾以報（第二十八回）。吾國古代以魁梧奇偉為男子之美，《詩》云：「猗嗟昌兮，頎而長兮，抑若揚兮，美目揚兮，巧趨蹌兮，射則臧兮。」（《詩經注疏》卷五之三〈國風．猗嗟〉）這是形容魯莊公之美。子都為古代的美男子，他所以美，美在身體魁梧，孔武有力。鄭伯伐許，他「與穎考叔爭車，穎考叔輈輈以走，子都拔棘（棘戟也）以逐之」（《左傳》隱公十一年）。「爭車」不對，「拔戟以逐」更不對，但可證明子都的勇敢。魏晉以後，美的觀念就不同了。何晏「動靜粉白不去手，行步顧影」（《魏志》卷九〈曹爽傳〉注引《魏略》）。是則此時人士之所謂美，非剛強的美，而是病態的美。衛玠風神秀異，「乘羊車入市，見者皆以為玉人，觀之者傾都」，然「多病體羸」，卒時年僅二十七，「時人謂玠被看殺」（《晉書》卷三十六〈衛玠傳〉）。降至南朝，凡風貌昳麗的，常見重於朝廷，而侍中之選竟然「後才先貌」（《南齊書》卷三十二王琨等傳論）。由是傅粉施朱就成為膏粱子弟的習氣。顏之推說：「梁朝全盛之時，貴游子弟……無不燻衣剃面，傅粉施朱，駕長簷車，跟高齒屐，坐碁子方褥，憑班絲隱囊，列器玩於左右，從容出入，望若神仙。」（《顏氏家訓》第八篇〈勉學〉）南朝人士以柔弱為美，於是起自「關中之人雄」的北軍，一旦南侵，便勢如破竹，南朝遂至於亡。

寶玉自己也是一個美男子，「面如傅粉，唇若施脂，轉盼多情，語言若笑。天然一段風韻，全在眉梢；平生萬種情思，悉堆眼角」（第三回）。他有三位女性中表，無不貌美如花，但他不愛「肌骨瑩潤，舉止嫻雅」的薛寶釵（第四回），也不愛「英豪闊大寬宏量」的史湘雲（第五回），而只愛言語尖刻，胸襟狹隘，多愁多病，肺病已入第三期的林黛玉。此種變態的愛好乃發生於變態心理。

寶玉生於富貴之家，長於娥眉堆裡，日夜接觸的盡是嬌嬈的婦女，環境可以鑄造性癖，因之寶玉的性癖，一言以蔽之，是重女輕男。他說：

> 女兒是水做的骨肉，男人是泥做的骨肉。我見了女兒便清爽；見了男子便覺濁臭逼人！（第二回）
> 奇怪！奇怪！怎麼這些人，只一嫁了漢子，染了男人的氣味，就這樣混帳起來，比男人更可殺了！（第七十七回）

他「便料定天地間靈淑之氣只鍾於女子，男兒們不過是些渣滓濁沫而已。因此，把一切男子都看成濁物，可有可無」（第二十回）。觀寶玉之輕男重女，可知蔡元培之〈石頭記索隱〉，謂《石頭記》是一本宣揚民族主義的書，「書中本事在弔明之亡，揭清之失，而尤於漢族名士仕清者寓痛惜之意」（引自三民版《紅樓夢》，饒彬著〈紅樓夢考證〉），極有問題。何以說呢？清乃「女」真之後，明的皇室則是「漢」人。世多以「漢」指稱男人，最通行的則為「男子漢」一語。《紅樓夢》果是抑清捧明，何以寶玉常常有捧女抑男的思想？「寶玉素日本就懶與士大夫諸男人接談」（第三十六回），這更可證明寶玉如何討厭男子「漢」。換言之，《紅樓夢》果如蔡元培的考證，則《紅樓夢》作者絕不是抑清捧明，反而是抑明捧清。明憲宗有變態性慾，又因口吃，不欲接見大臣，與其交談，自是而後，明代天子多匿居宮中，不見朝臣（《陔餘叢考》卷十八〈有明中葉天子不見群臣〉），寶玉長於裙釵堆裡，入則在丫鬟之手，出則唯小廝清客，習以成性，故和明憲宗一樣，深居簡出，懶與士大夫諸男人接談。這樣，更助長了他輕男重女的觀念。

寶玉憎惡士大夫，不欲與之接談。案士大夫階級乃發生於春秋之末，到了戰國，人數愈多。他們或出身於沒落的貴族，或出身於城市的商賈，或出身於農村的地主。單就儒家一派言之，孔子為孔父嘉之後（《史記》卷四十七〈孔子世家索隱〉），孔父嘉則為宋之司馬（《左傳》桓公二年），其後裔畏華氏之逼而奔魯，遂為魯人。孔門四科，「受業身通者七十有七人，皆異能之士也」（《史記》卷六十七〈仲尼弟子列傳〉）。孔子門人有子貢，善貨殖，家累千金；有子華，適齊之時，乘肥馬，衣輕裘；又有子路，衣敝縕袍；復有顏回，一簞食，一瓢飲，居陋巷（同上）。即孔子門人貧富皆有，而形成為士大夫階級。此輩士大夫之富裕的，固可如曾皙「浴乎沂，風乎舞雩，詠而歸」（同上），作優閒的生活；其貧窮的則入仕途。春秋時代，士大夫人數甚少，求職不難，所以在《論語》一書之中，孔子門人雖有學干祿的子張（《論語．為政》），而多數均不以出仕為意，甚至如閔子騫者，辭費宰而不就，若必強制其就職，他將遠避於汶水之上（同上〈雍也〉）。到了戰國，士大夫人數增加，而令他們不能不注意出仕問題。所以在《孟子》一書之中，其門下喜歡問仕，而孟子且以出仕為君子（士大夫）的職業。吾人讀周霄與孟子的對話，即可知之（《孟子注疏》卷六上〈滕文公下〉）。孟子不但以出仕為士大夫的職業，且以出仕為士大夫救貧之道，故說：「仕非為貧也，而有時乎為貧。」（同上卷十下〈萬章下〉）士大夫出仕，目的多在干祿以救貧，所以寶玉憎惡士大夫而斥之為「祿蠹」（第十九回）。「寶釵輩有時見機勸導，反生起氣來」。並說：

> 好好的一個清淨潔白女子，也學的釣名沽譽，入了國賊祿鬼之流！這總是前人無故生事，立意造言，原為引導後世的鬚眉濁物；不想我生不幸，亦且瓊閨繡閣中亦染此風，真真有負天地鍾靈毓秀之德了。（第三十六回）

他本來以甄寶玉為「知己」，及聽到甄寶玉所說的話，又認為「近了祿蠹的舊套」。寶釵問「那甄寶玉果然像你麼」，寶玉道：

> 相貌倒還是一樣的，只是言談間看起來，並不知道什麼，不過也是個祿蠹。……他說了半天，並沒個明心見性之談，不過說些什麼「文章經濟」，又說什麼「為忠為孝」。這樣人可不是個祿蠹麼？只可惜他也生了這樣一個相貌！我想來有了他，我竟要連我這個相貌都不要了！（第一百十五回）

吾國自漢以後，士大夫要想干祿，必須經過考試。考試之法開始於漢文帝十五年之親策郡國所選舉的賢良，當時所謂選舉是令郡國守相察賢舉能，採毀譽於眾多之論；而所謂考試則注重佐國康時之論，而不尚空言浮文。西漢以後，歷代均稍有變更，簡單言之，唐用詩賦；宋分詩賦與經義以取士。元代取士乃以經義為主，由《四書》內出題，用《朱子章句集註》。所以韓性說：「今之貢舉悉本朱熹私議，為貢舉之文，不知朱氏之學，可乎。」（《元史》卷一百九十〈韓性傳〉）明興，依元之制，取士專尚經義，由朱註《四書》內命題，文有一定格式，稱為八股，文章不在於窮理，更談不上佐國之言，康時之論。清室開科取士，純依明制。寶玉對此考試方法，極力抨擊。襲人述寶玉之言：「只除了什麼『明明德』外就沒書了，都是前人自己混編纂出來的。」（第十九回）寶玉心裡又想：「更有時文八股一道，因平素深惡，說這原非聖賢之制撰，焉能闡發聖賢之奧，不過後人餌名釣祿之階。」（第七十三回）寶玉聽黛玉叫紫鵑「把我的龍井茶給二爺沏一碗，二爺如今念書了，比不得頭裡」，寶玉接著說道：

> 還提什麼念書？我最厭這些道學話。更可笑的，是八股文章：拿他誆功名，混飯吃，也罷了，還要說代聖賢立言！好些的，不過拿些經書湊搭湊搭罷了；更有一種可笑的，肚子裡原沒有什麼，東拉西扯，弄的牛鬼蛇神，還自以為博奧。這那裡是闡發聖賢的道理！目下老爺口口聲聲叫我學這個，我又不敢違拗，你這會子還提念書呢。（第八十二回）

寶玉反對念書，即由反對「祿蠹」而來。葉適說：「今者化天下之人而為士，盡以入官。」（《水心集》卷三〈法度總論三〉）入官的目的不在於治平，而在於發財，這是寶玉反對祿蠹，因又反對士大夫的原因。吾人觀上述寶玉的見解，可以分析為三點，茲試述之如次：

一是反對《四書》。「明明德」一語出自《大學》，而《大學》與《中庸》本來是《禮記》的一部分，朱子取出，與《論語》、《孟子》合為《四書》，復為之章句集註。案《論》、《孟》兩書乃孔、孟門人記錄其老師的言論及行事。王充說：「案聖賢之言，上下多相違，其文前後多相伐者，世之學者不能知也」（《論衡》第九卷第二十八篇〈問孔〉），王氏舉孔子對子貢及冉子之言以為證，他說：「子貢問政，子曰：『足食、足兵，民信之矣。』曰：『必不得已而去，於斯三者何先？』曰：『去兵。』曰：『必不得已而去，於斯二者何先？』曰：『去食，自古皆有死，民無信不立。』信最重也。問使治國無食，民餓棄禮義，禮義棄，信安所立？傳曰：『倉廩實，知禮節，衣食足，知榮辱。』讓生於有餘，爭生於不足。今言『去食』，信安得成？春秋之時，戰國饑餓，易子而食，析骸而炊，口饑不食，不暇顧恩義也。夫父子之恩信矣，饑餓棄信，以子為食。孔子教子貢去食存信，如何？夫去信存食，雖不欲信，信自生矣，去食存信，雖欲為信，信不立矣。子適衛，冉子僕，子曰庶矣哉。曰既庶矣，又何加焉？曰富之。曰既富矣，又何加焉？曰教之。語冉子先富而後教之。教子貢去食而存信，食與富何別，信與教何異，二子殊教，所尚不問，孔子為國，意何定哉？」（同上）莊子說：「孔子行年六十，而六十化，始時所是，卒而非之，未知今之所是之非五十九非也。」（《莊子》第二十七篇〈寓言〉）後人多不研究哪一句話是孔子說在年六十以前，哪一句話是孔子說在年六十以後，而致孔子之言不免有前後矛盾之處。至於《大學》、《中庸》兩書之所言，與《論語》矛盾之處甚多。舉一例言之，《論語．為政》謂「道之以政，齊之以刑，民免而無恥」。《大學》謂「唯仁人為能愛人，能惡人」，鄭氏注「放去惡人，獨仁人能之，如舜放四罪，而天下感服」。孔穎達疏「既放此蔽賢之人，遠在四夷，是仁人能愛善人，惡不善之人」。《中庸》說「或安而行之，或利而行之，或勉強而行之，及其成功一也」，孔穎達疏「或安而行之，謂無所求為，安靜而行之。或利而行之，謂貪其利益（即愛賞）而行之。或勉強而行之，謂畏懼罪惡（即畏刑），勉力自強而行之」。此即《孝經》第七章〈三才〉所謂「示之以好惡，而民知禁」，邢昺疏云：「示有好必賞之令，以引喻之，使其慕而歸善也。示有惡必罰之禁，以懲止之，使其懼而不為也。」此與法家由人性之有好惡，懸刑賞，獎民為善而禁民為惡，又有什麼區別。換句話說，這不是「齊之以刑」麼？朱熹不察《四書》之中，矛盾的思想甚多，乃合之而為之註，所以寶玉才說「都是前人自己混編纂出來的」，「混編纂」三字值得吾人注意。《四書》自元以來，用為取士的工具，固然多係孔孟嘉言，學者均崇之為「道德鐵則」。然而王陽明乃說：「夫學貴得之心，求之心而非也，雖其言之出於孔子，不敢以為是也，而況其未及孔子者乎。求之於心而是也，雖其言之出於庸常，不敢以為非也，而況其出於孔子者乎……夫道天下之公道也，學天下之公學也，非朱子所得而私也，非孔子可得而私也。天下之公也，公言之而已矣。故言之而是，雖異於己，乃益於己也。言之而非，雖同於己，適損於己也。」(《陽明全書》卷二〈答羅整庵少宰書〉）李卓吾之言更為激烈，他說：「夫天生一人，自有一人之用，不待取給於孔子而後足也。若必待取足於孔子，則千古以前無孔子，終不得為人乎」(《李氏焚書》卷一〈答耿中丞書〉)。又說：「夫六經語孟非其史官過為褒崇之詞，則其臣子極為讚美之詞，又不然，則其迂闊門徒、懵懂弟子記憶師說，有頭無尾，得前遺後，隨其所見，筆之於書①。後學不察，便謂出自聖人之口也。決定目之為經矣，孰知其大半非聖人之言乎。縱出自聖人，要亦有為而發，不過因病發藥，隨時處方，以教此一等懵懂弟子，迂闊門徒云耳。藥醫假病方難定孰是，豈可遽以為萬世之至論乎。」(同上卷三〈童心說〉）寶玉謂當世之人除「明明德」外，以為別無一本可讀的書，其反對《四書》，已可概見。

二是反對八股。吾國自隋唐以後，純以文詞取人，士之精華果銳者，皆盡瘁於記問詞章聲病帖括之中，其不能得到人才，事之至明。唐時，賈至已言：「間者禮部取人……試學者以帖字為精通，而不窮旨意……考文者以聲病為是非，唯擇浮豔……取士試之小道，不以遠者大者，使干祿之徒趨馳

---

① 柳宗元說：「或問曰，儒者稱《論語》孔子弟子所記，信乎。曰未然也，孔子弟子曾參最少，少孔子四十六歲。曾子老而死，是書記曾子之死，則去孔子也遠矣。曾子之死，孔子弟子略無存者矣。吾意曾子弟子之為之也……蓋樂正子春子思之徒與為之耳。」(《柳河東集》卷四〈論語辯上篇〉)

末術，是誘導之差也。」(《舊唐書》卷一百九十〈賈曾傳〉) 宋時，司馬光亦說：「文辭者乃藝能之一端耳，未足以盡天下之士也。」(《司馬文正公傳家集》卷二十〈論舉選狀〉)「以言取人，固未足以盡人之才，今之科場，格之以辭賦，又不足以觀言」(同上卷三十〈貢院定奪科場不用詩賦狀〉)。顧「國家用人之法，非進士及第者，不得美官，非善為詩賦論策者，不得及第」(同上卷三十二〈貢院乞逐路取人狀〉)。以文辭「進退天下士，不問其賢不肖，雖頑如跖蹻，苟程試合格，不廢高第；行如顏騫，程試不合格，不免黜落，老死衡宇」(同上卷五十四〈起請科場劄子〉)。然而「四方之人雖於文藝或有所短，而其餘所長，有益於公家之用者，蓋亦多矣；安可盡加棄斥，使終身不仕邪」(同上卷三十二〈貢院乞逐路取人狀〉)。元明二代，考試均由朱子所撰《四書章句集註》內命題，但明又定下文章的格式，謂之八股，通謂之制義。《明史》謂為太祖與劉基所創(《明史》卷七十〈選舉志二〉)，顧炎武則謂始於成化以後(《日知錄》卷十六〈試文格式〉)。文章不在於窮理，而思想則受朱熹註釋的拘束，所以士人必須記誦章句，而後方能下筆成文。王陽明說：「世之學者章繪句琢以誇俗，詭心色取，相飾以偽……則今之所大患者，豈非記誦詞章之習。」(《陽明全書》卷七〈別湛甘泉序〉) 又說：「世之學者承沿其舉業詞章之習，以荒穢戕伐其心，既與聖人盡心之學相背而馳，日鶩日遠，莫知其所抵極矣。」(同上卷七〈重修山陰縣學記〉) 顧炎武抨擊八股尤力，他說：「八股之害等於焚書，而敗壞人才有甚於咸陽之郊所坑者但四百六十餘人也。」(《日知錄》卷十六〈擬題〉) 黃梨洲亦謂：「今也……其所以程士者止有科舉之一途，雖使古豪傑之士舍是亦無由而進取之……流俗之人徒見夫二百年以來之功名氣節，一二出於其中，遂以為科目已善，不必他求。不知科目之中既聚此百千萬人，不應功名氣節之士獨不得入。則是功名氣節之士之得科目，非科目之得功名氣節之士也。」（《明夷待訪錄．取士下》）寶玉反對八股，在今日固不足為奇，而在寶玉時代，不失為革命性的見解。

三是反對道學。道學亦稱理學，創於北宋之周敦頤，光大於二程及張載、邵雍，而繼承於朱熹等輩。一般人均謂，朱熹是集道學的大成。余嘗區別漢宋儒家思想之不同，漢儒注重治平之術，對於人主生活，不甚苛求。賈誼說：「人主之行異布衣，布衣者飾小行，競小廉，以自託於鄉黨里邑。人主者天下安，社會固不耳……故大人者不怵小廉，不牽小行，故立大便，以成大功。」（《新書》卷一〈益壤〉）反之，宋儒尤其道學家注重正誠修齊之道，依孟子「君仁莫不仁，君義莫不義，君正莫不正，一正君而國定矣」（《孟子注疏》卷七下〈離婁上〉），而主張為政之道以「格君心」為本。如何而格君心之非，道學家對此問題，先假定「人性本善」，而用玄之又玄的觀念以證明性善之說。詳言之，他們由無極，而太極，而陰陽，而五行，而四時，而萬物，用此以說明天人之理。無極大約是指虛空，由虛空之中，發生混然一氣，是之謂太極。太極一動一靜，則生陰陽。陰陽變化，五行生焉，四時行焉。有了五行四時，又加以陰陽二氣之交感，於是化生萬物。「惟人也得其秀而最靈」，所以人性本善。道學如何得此性善的結論？他們以為太極是理，陰陽只是氣。太極——

理未有不善，陰陽——氣有時不能和穆，例如春凋秋榮冬溫夏寒，這樣，在氣的方面就有善與不善。人類由陽變陰合而產生，陰陽既有乖戾，則人類（包括人君）不免也有邪僻。如何矯正邪僻而為良善？道學家主張變化氣質，懲忿窒欲，遷善改過。窒欲之極，遂由寡欲，進而希望無欲。周濂溪說：「孟子曰養心莫善於寡欲，予謂養心當寡焉以至於無。」如何使欲「寡焉以至於無」？他們主張主靜。道學家主靜之法似受釋氏的影響，主張靜坐。「程子見人靜坐，便歎為善學。朱子教人半日靜坐」（引自梁啟超著《中國近三百年學術史》）。蓋靜坐而能「止於所不見」，則「外物不蔽，內欲不萌」。唯由吾人觀之，這不能視為道德行為，不過如小乘佛教那樣，閉室靜坐，以求涅槃圓寂而已②。

北宋時代，司馬光已說：「性者，子貢之所不及；命者，孔子之所罕言，今之舉人發口秉筆，先論性命，乃至流蕩忘返，遂入老莊。」（《司馬文正公傳家集》卷四十二〈論風俗箚子〉）蘇軾亦說：「今之士大夫，仕者莫不談王道，述禮樂，皆欲復三代，追堯舜，終於不可行，而世務因以不舉。學者莫不論天人，推性命，終於不可究，而世教因以不明。自許太高，而措意太廣。太高則無用，太廣則無功。」（《東坡七集．前集》卷二十八〈應制舉上兩制書一首〉）降至南宋，陳亮與葉適亦加以抨擊。陳亮說：「始悟今世之儒士自以為得正心誠意之學者，皆風痺不知痛癢之人也。舉一世安於君父之讎，而方低頭拱手以談性命，不知何者謂之性命乎。」（《龍

② 本段所述，除已註明出處外，均根據《近思錄集註》，可參閱拙著《中國政治思想史》及《中國社會政治史》。

川文集》卷一〈上孝宗皇帝第一書〉)「自道德性命之說一興，而尋常爛熟無所能解之人，自託於其間，以端慤靜深為體，以徐行緩語為用，務為不可窮測，以蓋其所無。一藝一能皆以為不足自通於聖人之道也。於是天下之士始喪其所有，而不知適從矣。為士者恥言文章行義，而曰盡心知性；居官者恥言政事書判，而曰學道愛人。相蒙相欺，以盡廢天下之實，則亦終於百事不理而已。」(同上卷十五〈送吳允成運幹序〉)葉適亦說：「高談者遠述性命，而以功業為可略，精論者妄推天意，而以夷夏為無辨。」(《水心集》卷一〈上孝宗皇帝箚子〉)而對於道學家之存天理，去人欲之言，認為不切實際。人類有欲，不能否認。先王制民之產，就是要使眾人均能償其所欲。然而人類用物以償欲，欲已償了，又復由物以生欲。政治的目的是使人人得其所欲，而又不妨害別人之欲。孟子雖說「養心莫善於寡欲」，然其對梁惠王論政，亦謂「養生送死無憾，王道之始也」。而對齊宣王更明白說出：「無恆產而有恆心者，唯士為能。若民，則無恆產，因無恆心。」恆產，物也；恆心，心也。心與物固有密切的關係，飢寒交迫，而尚曰物外也，心內也，人民哪會滿意(《宋元學案》卷五十四〈水心學案上〉，不知出自《水心集》哪幾篇)。

降至明代，李卓吾攻擊道學，不遺餘力。他說：「彼以為周程張朱者皆口談道德，而心存高位，志在巨富。既已得高官巨富矣，仍講道德說仁義自若也，又從而嘵嘵然語人曰，我欲厲俗而風世，彼謂敗俗傷世者莫甚於講周程張朱者也。」(《李氏焚書》卷二〈又與焦弱侯〉)「嗟乎，平居無事祇解打恭作揖，終日匡坐，同於泥塑，以為雜念不起，便是真實大聖大賢人矣……一旦有警，則面面相覷，絕無人色。甚至互相推委，以為能明哲。蓋因國家專用此等輩，故臨時無人可用。」（同上卷四〈因記往事〉）「夫世之不講道學，而致榮華富貴者不少也，何必講道學而後為富貴之資也。此無他，不待講道學而自富貴者，其人蓋有學有才，有為有守，雖欲不與之富貴而不可得也。夫唯無才無學，若不以講聖人道學之名要之，則終身貧且賤焉，恥矣。此所以必講道學以為取富貴之資也。然則今之無才、無學、無為、無識而欲致大富貴者，斷斷乎不可以不講道學矣。」（《初潭集》卷十一〈師友一〉）「故世之好名者必講道學，以道學之能起名也。無用者必講道學，以道學之足以欺罔濟用也。欺天罔人者必講道學，以道學之足以售其欺罔之謀也。噫！孔尼父亦一講道學之人耳，豈知其流弊至此乎。」（同上卷二十〈師友十．二道學〉）李卓吾攻擊道學，近乎謾罵，唯在明末，道學的勢力甚大，一直到清代同光年間尚未小衰。一般儒生讀了「明明德」三字，即以衛道者自居，若問以目的何在，只是祿蠹而已。梁啟超說：「宋明諸哲之訓所以教人為聖賢也。盡國人而聖賢之，豈非大善，而無如事實上萬不可致……故窮理盡性之談，正誼明道之旨，君子以之自律，而不以責人也。」（《飲冰室文集》之二十八〈中國道德之大原〉）韓非說：「微妙之言，上智之所難行也。今為眾人法，而以上智之所難知，則民無從識之矣。」（《韓非子》第四十九篇〈五蠹〉）道學家用玄之又玄的無極、太極等等概念，希望國人懲忿窒欲，豈但聽者不解，而言者亦不能自圓其說，乃硬拉出孔聖孟軻以作護符。其說無救於國，有害於民，宋代學者老早就知道了。寶玉反對道學，我極同意。

寶玉於歷史方面，尤其文臣死諫，武臣死戰，認為這只是沽名釣譽，不足以為訓。但他所注意的是文臣死諫之一事。他與襲人的對話如次：

（寶玉）笑道：「人誰不死？只要死的好。那些鬚眉濁物只聽見『文死諫』『武死戰』這二死是大丈夫的名節，便只管胡鬧起來。那裡知道有昏君方有死諫之臣，只顧他邀名，猛拼一死，將來置君父於何地？必定有刀兵，方有死戰，他只顧圖汗馬之功，猛拼一死，將來棄國於何地？」襲人不等說完，便道：「古時候兒這些人，也因出於不得已，他才死啊！」寶玉道：「那武將要是疏謀少略的，他自己無能，白送了性命；這難道也是不得已麼？那文官更不比武官了，他念兩句書，記在心裡，若朝廷少有瑕疵他就胡彈亂諫，邀忠烈之名；倘有不合，濁氣一湧，即時拼死，這難道也是不得已？要知道那朝廷是受命於天，若非聖人，那天也斷斷不把這萬幾重任交代。可知那些死的都是沽名釣譽，並不知君臣的大義。」（第三十六回）

寶玉這一段話，我所贊成的，只有二三句：「若朝廷少有瑕疵他就胡彈亂諫，邀忠烈之名。」蘇軾有言：「知為國者，平居必常有忘軀犯顏之士，則臨難庶幾有徇義守死之臣。苟平居尚不能一言，則臨難何以責其死節。」（《東坡七集．續集》卷十一〈上神宗皇帝書〉）是時王安石秉政，「好人同己，而惡人異己」，「與之同者援引登青雲，與之異者擯斥沈溝壑」，「人之常情，誰不愛富貴而畏刑禍，於是搢紳大夫望風承流，捨是取非。興利除害，名為愛民，其實病民；名為益國，其實傷國」。而且朝廷考課人才，「襲故則無功，出奇則有賞」（《司馬文正公傳家集》卷四十五〈應詔言朝政闕失狀〉，卷四十六〈乞去新法之病民傷國者疏〉），於是人臣之躁進者朝呈一策略，暮獻一計劃，花樣百出，人民莫知所從。閉關時代，最多不過引起民眾暴動，朝代隨之更迭；若有外敵窺伺於側，尚可招致國家的滅亡。在這種局勢之下，忠梗之臣何能不苦諫而至於死諫。要是「朝廷少有瑕疵」，而即「胡彈亂諫」，以「邀忠烈之名」，我也和寶玉一樣，大大反對。明代士大夫往往毛舉細故，藉以沽名釣譽，而奏章多傷過激，指斥乘輿，則癸辛並舉，彈擊大臣，則共鯀比肩，跡其事實，初不盡然。武宗下詔南巡，蓋欲假巡狩之名，肆其荒遊之慾。群臣恐千騎萬乘，百姓騷驛，爭相諫阻，猶可說也。至於世宗時大禮之議，不過天子個人私事，與國計民生毫無關係，而廷臣竟然伏闕哭爭，至謂「國家養士百五十年，仗節死義，正在今日」（《明史》卷一百九十一〈何孟春傳〉）。史臣斥其「過激且戇」（同上卷一百九十二楊慎等傳贊），良非虛語。案明代言官往往借端聚訟，逞臆沽名，「然論國事而至於愛名，則將惟其名之可取，而事之得失有所不顧」（同上卷一百八十張寧等傳贊）。此後張居正時奪情之議以及再後三案之爭，均是不必諫而強諫，寶玉反對「文死諫」，當屬此類。李卓吾曾言：「夫暴虐之君淫刑以逞，諫又烏能入也。早知其不可諫，即引身而退者上也。不可諫而必諫，諫之而不聽乃去者次也。若夫不聽復諫，諫而以死，痴也。何也？君臣之義交也，士為知己死，彼無道之君曷嘗以國士遇我也。然此直云痴耳，未甚害也，猶可以為世鑑也。若乃其君非暴，而故誣之為暴，無所用諫，而故欲以強諫，此非以其君父為要名之資，以為吾他日終南之捷徑乎。若而人者設遇龍逢比干之主，雖賞之使諫，吾知其必不敢諫矣。故吾因是而有感於當今之世也。」(《初潭集》卷二十四〈君臣四．五痴臣〉)

「昔者，齊宣王問卿」，孟子分之為兩種：一是貴戚之卿，「君有大過則諫，反覆之而不聽，則易位」；二是異姓之卿，「君有過則諫，反覆之而不聽，則去」(《孟子注疏》卷十下〈萬章下〉)。古代常以君父並稱，君父二字合為一語，不知始自何時，莫非是始自道學流行之後？然而父子之情固與君臣之道有別，父子的關係是天然的，君臣的關係是人為的。凡事物由天然而發生的，不能毀，亦不宜毀。至於人為事物，在必要時，能毀，亦宜毀。就諫諍言之，《禮》云：「為人臣之禮不顯諫，三諫而不聽，則去之。子之事親也，三諫而不聽，則號泣而隨之。」(《禮記注疏》卷五〈曲禮下〉)明代大臣以事親之禮事君，或廷杖，或下獄而死，這豈可謂為忠？謂之痴臣，可也。再進一步觀之，亂臣與賊子絕不相同，賊子之可殺，乃無所逃於天地之間。亂臣是否可殺，則要看人主之行為。孔子說：「君使臣以禮，臣事君以忠。」(《論語．八佾》)即君以禮待臣，而後臣才以忠報君。孟子之言，更見明顯，他說：「君之視臣如手足，則臣視君如腹心。君之視臣如犬馬，則臣視君如國人，君之視臣如土芥，則臣視君如寇讎。」(《孟子注疏》卷八上〈離婁下〉)臣既視君如寇讎，則君有大過，何必諫？而為了保護民眾的安全，革命可也。「禮時為大，順次之。堯授舜，舜授禹，湯放桀，武王伐紂，時也」(《禮記注疏》卷二十三〈禮器〉)。即孔子雖稱堯舜之禪讓，亦甚贊成湯武的革命。柳宗元說：「漢之失德久矣……曹丕之父攘禍以立強，積三十餘年，天下之主，曹氏而已，無漢之思也。丕嗣而禪，天下得之以為晚，何以異夫舜禹之事也。」(《柳河東集》卷二十〈舜禹之事〉) 即由柳宗元觀之，禪讓與篡奪相去無幾。曹丕得到帝位，與堯之禪舜，舜之禪禹，殆無不同。何況湯武之伐桀紂，動師十萬，血流漂杵，而後人美稱之為革命，順乎天而應乎人。魏之代漢，卻無用兵動武之事。到底孰有利於百姓？王船山說：「天下者非一姓之私也。興亡之修短有恆數，苟易姓而無原野流血之慘，則輕授他人而民不病。魏之授晉，上雖逆而下固安，無乃不可乎？」(《讀通鑑論》卷十一〈晉泰始元年〉) 李卓吾之言稍嫌偏激，然亦有些道理。他說：「孟子曰社稷為重，君為輕。信斯言也，道 (馮道) 知之矣。夫社者所以安民也，稷者所以養民也。民得安養而後君臣之責始盡。君不能安養斯民，而臣獨為之安養，而後馮道之責始盡。今觀五季相禪，潛移默奪，縱有兵革，不聞爭城。五十年間，雖歷四姓，事一十二君，並耶律契丹等，而百姓卒免鋒鏑之苦者，道務安養之力也。」(《李氏藏書》卷六十〈馮道〉) 余引了許多先哲的話，不過證明寶玉謂「文死諫」只是沽名釣譽。但寶玉只勸人臣不要作「痴臣」，未能更進一步，發表革命的思想，此即寶玉所以為寶玉，不能與古代思想家相比。

鳳姐的專權及其末路

在榮府之中，管理家務的是賈璉。賈璉乃是紈袴公子，只知鬥雞走狗，終日優游。其妻鳳姐能夠揣摩賈母心理，先意承志，博得賈母信任，於是管家的權就歸屬於鳳姐。

吾研究中國歷史，凡婦女掌握大權的，往往發生問題。所謂唯物史觀、唯心史觀對於中國歷史都套不上，最多只能應用唯性史觀，以說明中國歷史的變遷。三代之亡，亡於女禍。西漢之亡，亡於元帝之后王氏。她壽命太長，信任娘家子弟，王氏一門前後有五大司馬陸續輔政，終則王莽造作符命，篡取漢的天下（《漢書》卷九十八〈元后傳〉）。東漢之亡，亡於外戚與閹宦的鬥爭，外戚之能秉持朝政，由於幼主即位，權歸母后（東漢自章帝始，皇統屢絕，外藩入繼，故母后並非幼主之生母）。母后欲鞏固自己的政權，無不委用父兄，以寄腹心。及至天子壯大，要收歸大權，就與宦官結合，誅戮外戚。最後由於十常侍之凶恣日積，引起黨錮之禍，人心由思漢變為恨漢，漢祚遂亡（參閱拙著《中國社會政治史》)。晉雖統一天下，但武帝有季常之癖，楊后受賈充妻郭氏之賄，堅持要立賈女為太子（惠帝）妃（《晉書》卷三十一〈武元楊皇后傳〉)。惠帝即位，王衍貴為三公，妻子郭氏為賈后之親，常藉中宮之勢，聚斂無厭，好干預人事（同上卷四十三〈王衍傳〉)。政事敗壞，遂有八王之亂，及後來五胡亂華。經南北朝而至隋唐，隋之亡也，亡於獨孤后廢太子勇，而立煬帝（《隋書》卷三十六〈文獻獨孤皇后傳〉及卷四十五〈房陵王勇傳〉)。唐之衰也，因玄宗寵楊貴妃，任用楊國忠為相，激成安史之亂，自茲而後，藩鎮跋扈，唐室式微而至於亡（參閱拙著《中國社會政治史》)。由五代而至於宋，宋之黨爭開始於宮廷問題，仁宗欲廢立郭皇后，一方有呂夷簡一派之贊成，他方有范仲淹一派之反對，交相詆毀，而朋黨之論興矣。經英宗、神宗而至哲宗、徽宗，朋黨之爭雖與女禍無關，而均由母后聽政與天子之意見不合而起①。由元②至明③，由明至清④，政治問題多少均與後宮有關。

---

① 哲宗初立，英宗宣仁高皇后（神宗母，哲宗曾祖母）聽政，起用舊黨，罷黜新黨。每大臣奏事，皆取法於宣仁后，哲宗有言，或無對者。哲宗心甚怏怏；親政之後，就驅逐舊黨，起用新黨。哲宗崩殂，徽宗（神宗子）入承大統，神宗欽聖向皇后聽政，廢除新政，而用舊黨。此時徽宗年已十八，看到大臣唯太后之意見是視，所以親政之後，又起用新黨，而逐舊黨。參閱拙著《中國社會政治史》。

② 元自成吉斯汗崩後，皇位往往虛懸至數年之久，此蓋皇后與宗室關於繼統之人為誰，意見不能一致。自是而後，每一帝崩，無不發生繼嗣問題，而引起宗室內訌及大臣爭權之事。參閱拙著上揭書。

③ 明在憲宗時已有萬貴妃之擾亂內庭（《明史》卷一百十三〈萬貴妃傳〉)，神宗末年以後，三案之爭則與鄭貴妃及李選侍有關，參閱拙著《中國社

這不是說婦女握權，必生禍亂，而是說禍亂之生常起源於皇后或皇妃之握權。然則婦女握權，何以發生禍亂？古代婦女與今日婦女不同，今日男女平等，女子可與男子受同等的教育。古代有「女子無才便是德」之言，婦女多不讀書。鳳姐謂探春「他又比我知書識字，更利害一層了」（第五十五回）。賈母告訴巧姐：「好孩子，你媽媽是不認得字的。」（第九十二回）均可證明鳳姐未曾讀書。婦女縱曾讀書，也是一知半解，不識大體。且深居閨房之內，不知外間情形，一旦有權在手，便為所欲為，重者禍國，輕者害家，鳳姐就是一個例子。

據《紅樓夢》所述：「鳳姐素日最愛攬事，好賣弄能幹。」（第十三回）其性格，可從尤二姐和小廝興兒的對話看出：

> （興兒）又說：「提起來，我們奶奶（鳳姐）的事，告訴不得奶奶（尤二姐）。他心裡歹毒，口裡尖快。……如今合家大小，除了老太太、太太兩個，沒有不恨他的，……只一味哄著老太太、太太兩個人喜歡。他說一是一，說二是二，沒人敢攔他。……或有好事，他就不等別人去說，他先抓尖兒。或有不好的事，或他自己錯了，他就一縮頭，推到別人身上去，他還在旁邊撥火兒。……」尤二姐笑道：「……我還要找了你奶奶去呢。」興兒連忙搖手，說：「奶奶千萬別去！我告

會政治史》。

④ 清光緒年間慈禧太后之亂政，眾所熟知。

> 訴奶奶，一輩子不見他才好呢！嘴甜心苦，兩面三刀；上頭笑著，腳底下就使絆子；明是一盆火，暗是一把刀；他都占全了。……」二姐笑道：「我只以理待他，他敢怎麼著我？」興兒道：「人家是醋罐子，他是醋缸、醋甕！凡丫頭們跟前，二爺多看一眼，他有本事當著爺打個爛羊頭似的！」（第六十五回）

案鳳姐的性格，不但今日，就在古代，不但婦女，就是男人，都可令人憎惡。她若是男人，出去做官，也許可以爬上很高地位，但必是一位奸臣。余據《紅樓夢》所述，分析鳳姐的性格，而歸納為下列三種：

一是奸猾。鳳姐伺候賈母，極盡奉承之能事，而不露出逢迎的形跡，只能稱其斑衣戲彩。不但當時在場的人，就是今日閱讀《紅樓夢》的人，也覺得鳳姐可愛，難怪賈母受其蠱惑，聽其自由處理家務。韓非說：「人主……好惡見，則下有因，而人主惑矣。」（《韓非子》第三十四篇〈外儲說右上〉）鳳姐知賈母喜熱鬧，更喜詼笑。劉老老二進榮國府之時，鳳姐見賈母喜歡，「忙留」劉老老住兩天（第三十九回），並與鴛鴦商量，拿她湊趣取笑，哄著賈母大大開心（第四十回）。韓非又說：「今人臣之所譽者，人主之所是也。人臣之所毀者，人主之所非也。此人臣之所以取信幸之道也。」（《韓非子》第十四篇〈姦劫弒臣〉）鳳姐知賈母及王夫人討厭趙姨娘，但對於趙姨娘所生一女一男，又愛探春而惡賈環。鳳姐就說：「倒只剩了三姑娘（探春）一個，心裡嘴裡都也來得；……太太又疼他；雖然臉上淡淡的，皆因是趙姨娘那老東西

鬧的，心裡卻是和寶玉一樣呢。比不得環兒，實在令人難疼！要依我的性子，早攆出去了！」（第五十五回）

賈璉偷娶尤二姐，給鳳姐知道了，一方賺她入住大觀園，和顏悅色，滿嘴裡「好妹妹」不離口，又說：「倘有下人不到之處，你降不住他們，只管告訴我，我打他們。」同時又唆使丫頭善姐不要聽她使喚，沒了頭油，不拿；肚子餓了，「連飯也懶端來給他吃了，或早一頓，晚一頓，所拿來的東西，皆是剩的」；鳳姐又到寧國府大鬧，「嚎天動地，大放悲聲」，弄到尤氏、賈蓉不知如何對付（第六十八回）。此種行動豈是大家姑娘能夠做出，確實是個「潑辣貨」（第三回）。

二是狠毒。有一次王夫人問起月錢，鳳姐一一含笑答覆，轉身出來，冷笑道：「我從今以後，倒要幹幾件刻薄事了。抱怨給太太聽，我也不怕！糊塗油蒙了心，爛了舌頭，不得好死的下作娼婦們，別做娘的春夢了！明兒一裹腦子扣的日子還有呢。如今裁了丫頭的錢，就抱怨了偺們。也不想想，自己也配使三個丫頭？」（第三十六回）此種口吻哪像「大家子的姑娘出身」（第七十四回）？「我從今以後，倒要幹幾件刻薄事了」，豈但刻薄，而且狠毒。她既誆騙尤二姐入居大觀園，同時又悄悄命其心腹旺兒買收尤二姐的未婚夫張華，往衙門告狀，告賈璉「仗財依勢，強逼退親，停妻再娶」（第六十八回）。此時賈璉奉父命，往平安州辦事。害得賈珍、賈蓉利誘威迫，打發張華回其原籍。鳳姐想到張華「倘或再將此事告訴別人，豈不是自己害了自己」，因此，「復又想了一個主意出來，悄命旺兒遣人尋著了他，或訛他做賊，和他打官司，將他治死，或暗使人算計，務將張華治死，方剪草除根，保住自己的名聲」。幸得旺兒想到「人已走了完事，何必如此大做」，乃告訴鳳姐，張華「已被截路打悶棍的打死了」（第六十九回）。鳳姐又進一步，欲置尤二姐於死地，唆使丫頭虐待尤二姐，剛好此時賈璉已由平安州回來，賈赦見他辦事中用，便將房中丫鬟秋桐賞給賈璉為妾，「鳳姐雖恨秋桐，且喜借他先可發脫二姐，用『借刀殺人』之法，『坐山觀虎鬥』，等秋桐殺了尤二姐，自己再殺秋桐」。主意已定，便挑撥秋桐冷言冷語，使尤二姐難堪。尤二姐既受善姐的欺侮，又聽秋桐的冷語，「如何經得這般折磨」，便吞金自殺（第六十九回）。

三是貪財。前已說過：在大家庭之內，財產雖然公有，但各人均欲犧牲公產，富其一房。賈府在林黛玉未入榮國府以前，據冷子興說：「如今生齒日繁，事務日盛，主僕上下都是安富尊榮，運籌謀畫者竟無一個。其日用排場又不能將就省儉。如今外面的架子雖未甚倒，內囊卻也盡上來了。」（第二回）鳳姐既管榮府家務，當然知道外強中乾，她為自己一房打算，便營私舞弊。凡管理家務的，均有用人的權，而有用人之權者又容易收受賄賂。明世宗時，嚴嵩用事，官以貨取，「吏兵二部尤大利所在」（《明史紀事本末》卷五十四「嚴嵩用事」條，嘉靖三十二年楊繼盛疏），蓋文選歸吏部，武選歸兵部之故。前已說過，賈芸要謀差事，須送冰片、麝香給鳳姐（第二十四回）。鳳姐賣缺，做得極其高明。王夫人房中，因金釧之死，須補一位大丫頭，月錢每月銀子一兩。一兩銀子在當時是很優厚的，許多僕人常來孝敬鳳姐東西。鳳姐心想他們「送什麼，我就收什麼，橫豎我有主意。鳳姐兒安下這個心，所以只管耽延著，等那些人把東西送足了，然後乘空方回王夫人」(第三十六回)。大凡擅權的人，總喜歡賞罰由己，即如沈鍊之劾嚴嵩，「朝廷賞一人，曰由我賞之；罰一人，曰由我罰之，人皆伺嚴氏之愛惡，而不知朝廷之恩威」(《明史》卷二百九〈沈鍊傳〉)。鳳姐用人，亦喜歡恩由己出。賈璉乳母趙嬤嬤為她兩位兒子謀事，累向賈璉進說，皆不成功，結果亦只有要求鳳姐。《紅樓夢》敘述如次：

> 趙嬤嬤道：「我這會子跑了來，……倒有一件正經事，奶奶好歹記在心裡，疼顧我些罷！我們這爺(賈璉)只是嘴裡說的好，到了跟前就忘了我們。……我也老了，有的是那兩個兒子，你就另眼照看他們些，……我還再三的求了你(賈璉)幾遍，你答應的倒好，如今還是落空。……所以倒是來和奶奶說是正經。靠著我們爺，只怕我還餓死了呢！」鳳姐笑道：「媽媽，你的兩個奶哥哥都繳給我。」(第十六回)

剛好此時賈薔奉賈珍之命，下姑蘇辦事，和賈蓉同向賈璉報告，賈蓉知道權在鳳姐，必須通過鳳姐這一關，便悄拉鳳姐的衣襟。鳳姐會意，因笑道：「難道大爺比偺們還不會用人？」，於是賈璉同意了。賈蓉悄悄的笑向鳳姐說：「嬸娘東西吩咐了要什麼，開個帳兒給我兄弟(賈薔)，帶去按帳置辦了來。」鳳姐笑道：「我的東西還沒處擱呢！稀罕你們鬼鬼祟祟的！」鳳姐果然這樣廉潔麼？不，絕不，她忙向賈薔道：「我有兩個在行妥當人，你就帶他們去。辦這個便宜了你呢？」賈薔忙陪笑道：「正要和嬸娘討兩個人呢，這可巧了。」（第十六回）由這一事，可知鳳姐用人，必須恩由己出，而鳳姐不要賈薔贈送東西，原來是要薦人。

鳳姐因為貪財，就做出兩件敗家之事，第一樁是重利盤剝。在吾國古代，重利盤剝是犯刑律的，官家處刑尤重。鳳姐放利散見於《紅樓夢》之上的，共有幾次，我無暇細細的看，現在只舉三則如次：

> 鳳姐兒方坐下，因問：「家中沒有什麼事麼？」平兒說道：「沒有什麼事，就是那三百兩銀子的利銀，旺兒媳婦送進來，我收了。」（第十一回）
>
> 鳳姐因問平兒：「方才姨媽有什麼事，巴巴兒的打發香菱來？」平兒道：「那裡來的香菱？是我借他暫撒個謊兒。奶奶你說，旺兒嫂子越發連個算計兒也沒了。」說著，又走至鳳姐身邊，悄悄說道：「奶奶的那項利銀，遲不送來，早不送來，這會子二爺在家，他偏送這個來了。幸虧我在堂屋裡碰見了；不然，他走了來回奶奶，叫二爺少不得要知道，我們二爺……知道奶奶有了體己，他還不大著膽子花麼？所以我趕著接過來，叫我說了他兩句。誰知奶奶偏聽見了。我故此當著二爺面前只說香菱來了呢？」（第十六回）
>
> 鳳姐忙道：「旺兒家的，……說給你男人：外頭所有的帳目，一概趕今年年底都收進來，少一個錢也不依。我的名聲不好，再放一年，都要生吃了我呢！……我真個還等錢做什麼？不過為的是日用，出的多，進的少。……若不是我千湊萬挪的，早不知過到什麼破窰

> 裡去了！如今倒落了一個放帳的名兒。既這樣，我就收了回來。」（第七十二回）

其尤弊的，鳳姐除自己體己錢外，又將家裡上上下下的月錢扣住緩發，放給別人取利。請看下文所舉的例：

> 襲人又叫住，問道：「這個月的月錢，連老太太、太太屋裡還沒放，是為什麼？」平兒見問，忙轉身至襲人跟前；又見無人，悄悄說道：「你快別問！橫豎再遲兩天就放了。」襲人笑道：「這是為什麼？唬的你這個樣兒。」平兒悄聲告訴他道：「這個月的月錢，我們奶奶早已支了，放給人使呢。等別處利錢收了來，湊齊了才放呢。因為是你，我才告訴你，可不許告訴一個人去！」襲人笑道：「他難道還短錢使？還沒個足厭？何苦還操這心？」平兒笑道：「何曾不是呢！他這幾年，只拿著這一項銀子翻出有幾百來了。他的公費月例又使不著，十兩八兩，零碎攢了，又放出去；單他這體己利錢，一年不到上千的銀子呢！」襲人笑道：「拿著我們的錢，你們主子奴才賺利錢，哄的我們獃等著！」（第三十九回）

難怪李紈對鳳姐道：「專會打細算盤，分金掰兩的！……虧了還託生在詩書仕宦人家做小姐，又是這麼出了嫁，還是這麼著；要生在貧寒小門小戶人家，做了小子丫頭，還不知怎麼下作呢！天下人都叫你算計了去！」（第四十五回）李紈並不知鳳姐放債取息之事，她之所言不過開玩笑而已。

第二樁是包攬詞訟。鳳姐為王家之女，賈家之媳，賈家的富貴，本書已有說明。王家呢？鳳姐係王子騰之姪女。王子騰初見於《紅樓夢》之上，時為京營節度使，不久即陞了九省統制（第四回），又陞了九省都檢點（第五十三回），最後又陞了內閣大學士（第九十五回）。雖然未及到任，死在半路（第九十六回），而當鳳姐管理榮府家務之時，王家炙手可熱，可想而知。家世顯赫，以鳳姐之性格，若有機會，必將利用之以營私舞弊。剛好鳳姐因秦可卿之喪，在饅頭庵下榻，老尼靜虛便託鳳姐做出包攬詞訟之事。

> 老尼趁機說道：「我有一事，要到府裡求太太，先請奶奶一個示下。」鳳姐問道：「何事？」老尼道：「我先在長安縣善才庵內出家的時節，那時，有個施主姓張，是大財主。他有個女兒小名金哥，那年都往我廟裡來進香，不想遇見了長安府太爺的小舅子李衙內。那李衙內一心看上要娶金哥，打發人來求親。不想金哥已受了原任長安守備的公子的聘定，……誰知李公子執意要娶他女兒。張家正無計策，兩處為難。不料守備家……偏不許退定禮，就打官司告狀起來。女家急了，……賭氣偏要退定禮。我想如今長安節度雲老爺與府上相好，可以求太太與老爺說聲，發一封書，求雲老爺和那守備說一聲，不怕他不依。若是肯行，張家那怕傾家孝順，也是情願的。」鳳姐聽了，笑道：「這事倒不大，只是太太再不管這樣的事。」老尼道：「太太

不管，奶奶可以主張了。」鳳姐笑道：「我也不等銀子使，也不做這樣的事。」靜虛聽了，打去妄想，半晌，嘆道：「雖如此說，只是張家已經知道我來求府裡。如今不管這事，……倒像府裡連這點子手段也沒有似的。」

鳳姐聽了這話，便發了興頭，說道：「你是素日知道我的，從來不信什麼陰司地獄報應的。……你叫他拿三千兩銀子來，我就替他出這口氣。」老尼聽說，喜之不勝，忙說：「有！有！這個不難。」鳳姐又道：「……這三千兩銀子，不過是給打發去說的小廝們作盤纏，使他賺幾個辛苦錢，我一個錢也不要，便是三萬兩，我此刻還拿的出來。」……鳳姐便命悄悄將昨日老尼之事說與來旺兒。旺兒心中俱已明白，急忙進城，……假託賈璉所囑，修書一封，連夜往長安縣來。……那節度使名喚雲光，久懸賈府之情，這些小事，豈有不允之理？（第十五回）

那鳳姐卻已得了雲光的回信，俱已妥協。老尼達知張家，果然那守備忍氣吞聲，受了前聘之物。……知義多情的女兒，聞得退了前夫，另許李門，他便一條汗巾，悄悄的尋了個自盡。那守備之子，誰知也是個情種，聞知金哥自縊，遂投河而死。……這裡鳳姐卻安享了三千兩。……自此，鳳姐膽識愈壯，以後所作所為，諸如此類，不可勝數。（第十六回）

鳳姐深居榮府之內，放債取利，包攬詞訟須有心腹的男人代其奔走。這個奔走的人就是來旺。來旺既是鳳姐的心腹，又知鳳姐之作弊，於是他在鳳姐之前，就取得了一種脅制的力量。他的兒子「酗酒賭博，而且容顏醜陋」，要娶王夫人房中丫頭彩霞為妻。彩霞固不願意，賈璉亦說：「聽見他這小子大不成人。」鳳姐笑道：「我們王家的人，連我還不中你們的意，何況奴才呢。」有了鳳姐這話，賈璉屈伏了，而來旺兒子的婚事也成功了（第七十二回），所以賈芸才說：「如今的奴才比主子強多著呢！」（第一百四回）

鳳姐的敢做敢為，榮府上頭皆不知之。但鳳姐並不放心，風吹草動，即恐東窗事發。

> 平兒走來笑道：「水月庵的師父打發人來，……我問那道婆來著：『師父怎麼不受用？』他說：『四五天了。那一夜，……他回到炕上，只見有兩個人，一男一女，坐在炕上。他趕著問是誰，那裡把一根繩子往他脖子上一套，他便叫起人來。眾人聽見，點上燈火，一齊趕來，已經躺在地下，滿口吐白沫子。幸虧救醒了。此時還不能吃東西，所以叫來尋些小菜兒的。』……」鳳姐聽了，獃了一獃，說道：「南菜不是還有嗎？叫人送些去就是了。」（第八十八回）
>
> 鳳姐正自起來納悶，忽聽見小丫頭這話（謂外頭有人回要緊的官事，王夫人快請賈璉過去），又唬了一跳，連忙又問：「什麼官事？」……鳳姐聽了工部裡的事，才把心略略的放下。（第八十九回）
>
> （鳳姐）正是惦記鐵檻寺的事情。聽說外頭貼了匿名

> 揭帖（攻擊賈芹之窩娼聚賭）的一句話，嚇了一跳，忙問：「貼的是什麼？」平兒隨口答應，不留神，就錯說了，道：「沒要緊，是饅頭庵裡的事情。」鳳姐本是心虛，聽見饅頭庵的事情，這一唬直唬怔了，一句話沒說出來，……哇的一聲，吐出一口血來。平兒慌了，說道：「水月庵裡，不過是女沙彌、女道士的事，奶奶著什麼急？」鳳姐聽是水月庵，才定了定神，……鳳姐道：「我就知道是水月庵。那饅頭庵與我什麼相干？……大約剋扣了月錢。」（第九十三回。此處原文有誤，蓋饅頭庵就是水月庵，見第十五回）
>
> 鳳姐道：「我還恍惚聽見珍大爺的事，說是強占良民妻子為妾，不從逼死，有個姓張的在裡頭，你（平兒）想想還有誰呢？」（第一百六回）

鳳姐的事雖瞞得過榮府上頭，卻瞞不過賈家貧窮子姪，賈芸想起「那年倪二借錢，買了香料送與他，才派我種樹；……拿著太爺留下的公中銀錢在外放加一錢，我們窮當家兒，要借一兩也不能。他打量保得住一輩子不窮的了！那裡知道外頭的名聲兒很不好，我不說罷了；若說起來，人命官司不知有多少呢！」（第一百四回）

鳳姐固有才幹，但她能夠發揮才幹，須有兩個條件，一是用她的人能夠予以信任，二是用她的人許其自由用錢，二者缺一，鳳姐只是庸懦之人。她在寧國府辦理秦可卿的喪事，就是賈珍信任她，又叫她不要省錢。他對鳳姐說：「妹妹愛怎麼樣辦就怎麼樣辦。要什麼，只管拿這對牌取去，也不必問我。只求別存心替我省錢，要好看為上。」（第十三回）果然鳳姐辦得井井有條，其分配工作於用人，各有專司，偷懶的罰，勤勉的賞，賞罰分明，於是寧府用人，「不似先時只揀便宜的做，剩下苦差，沒個招攬。各房中也不能趁亂迷失東西。便是人來客往，也都安靜了，不比先前紊亂無頭緒，一切偷安竊取等弊，一概都蠲了」。鳳姐雖然忙得「菜飯無心，坐臥不寧」，「只因素性好勝，惟恐落人褒貶，故費盡精神，籌畫得十分整齊。於是，合族中上下無不稱嘆」（第十四回）。

到了辦理賈母喪事，情形就不同了。抄家之後，景況大不如前。關於賈母喪事如何辦理，乃有三種意見：一是鴛鴦以為老太太留下的銀子，應該用在老太太身上，希望喪事能夠體面，能夠風光。二是邢夫人想到將來家計艱難，「巴不得留一點子作個收局」。三是賈政認為「老太太的喪事固要認真辦理，但是知道的呢，說是老太太自己結果自己；不知道的，只說咱們都隱匿起來了，如今很寬裕」（第一百十回）。賈政畢竟是讀書明理的人，孔子曾言：「禮，與其奢也寧儉，喪，與其易也寧戚。」（《論語．八佾》）合禮與喪二者言之，就是子路所說：「吾聞諸夫子，喪禮與其哀不足而禮有餘也，不若禮不足而哀有餘也。」（《禮記注疏》卷七〈檀弓上〉）鳳姐夾在三種意見之中，已經不易辦事，何況賈母留下的錢又不在賈璉及鳳姐手裡（第一百十回）。此時榮府用人，「統共男僕只有二十一人，女僕只有十九人，餘者俱是些丫頭，連各房算上，也不過三十多人，難以派差」。據賈璉說，「這些奴才們，有錢的早溜了。按著冊子叫去，有說告病的，說下莊子去了的。剩下幾個走不動的，只有賺錢的能耐，還有賠錢的本事麼」(第一百十回)。其所以如此零落，女僕眾人皆謂：「我們聽見外頭男人抱怨說：這麼件大事，偺們一點摸不著，淨當苦差，叫人怎麼能齊心呢？」(第一百十回) 而「丫頭們見邢夫人等不助著鳳姐的威風，更加作踐起他來」(第一百十回)。鳳姐嘆道：「東府裡的事 (秦可卿喪事)，雖說託辦的，太太雖在那裡，不好意思說什麼。如今是自己的事情，又是公中的，人人說得話。再者，外頭的銀錢也叫不靈：即如棚裡要一件東西，傳出去了，總不見拿進來，這叫我什麼法兒呢？」(第一百十回) 鳳姐只得央求說道：「大娘嬸子們可憐我罷！我上頭捱了好些話，為的是你們不齊截，叫人笑話，明兒你們豁出些辛苦來罷！」(第一百十回) 當日何等威風，現在竟向佣人乞憐。李紈很同情鳳姐，說道：「這樣的一件大事，不撒散幾個錢就辦的開了麼？可憐鳳丫頭鬧了幾年，不想在老太太的事上，只怕保不住臉了！」(第一百十回) 到了開弔出殯，更不成話。「雖說僧經道懺，弔祭供飯，絡繹不絕，終是銀錢吝嗇，誰肯踴躍，不過草草了事。連日王妃誥命也來得不少。鳳姐也不能上去照應，只好在底下張羅：叫了那個，走了這個；發一回急，央及一回；支吾過了一起，又打發一起。別說鴛鴦等看去不像樣，連鳳姐自己心裡也過不去了」(第一百十回)。鳳姐本來有病在身，連日辛苦，已經支撐不住。而一個小丫頭又跑來說：「二奶奶在這裡呢，怪不得大太太說：裡頭人多，照應不過來，二奶奶是躲著受用去了！」鳳姐聽了這話，「眼淚直流，只覺得眼前一黑，嗓子裡一甜，便噴出鮮紅的血來，身子站不住，就蹲倒在地」(第一百十回)，從此以後，病入膏肓，遂於自怨自咎之下，魂歸離恨天了。

賈家的姻戚

在不平等的社會，例如社會有富貴貧賤之別，上層階級常與上層階級互通婚姻。這不是女家貪男家的聘禮，或男家貪女家的嫁妝，而是他們要用婚姻方法，以保全自己家族血統的高貴。拿破崙出身寒微，登上法國帝位之後，必娶奧國哈布斯堡 (Habsburg) 皇室之女露易莎 (Maria Louisa) 為后 。為的什麼呢？奧國哈布斯堡一家自一二七三年即神聖羅馬帝位以後，世代相傳，其血統在歐洲各國皇族中最為高貴。

此種婚姻關係，吾國自魏晉以後亦曾有之。當時南朝士族以王謝兩家為最貴，因為王家（王導、王敦）輔佐元帝建立南朝的政權。肥水之役，謝家（謝安、謝石、謝玄）戰敗北寇，維持南朝的政權。北朝以崔盧兩家為最貴，因為在後魏太祖道武帝時代有清河崔玄伯，拓跋氏改國號曰魏，即從玄伯之議，而「制官爵、撰朝儀、協音樂、定律令、申科禁，玄伯總而裁之，以為永式」。太宗明元帝、世祖太武帝時代，崔玄伯之子浩亦秉朝政，凡「朝廷禮儀，優文策詔，軍國書記，盡關於浩」。范陽盧玄則以儒雅著聞，首應旌命，子孫繼跡，為世盛門（參閱拙著《中國社會政治史》）。他們為保全血統的高貴，常不與寒素之家通婚，吾人只觀梁武帝對侯景說：「王謝門高非偶」（《南史》卷八十〈侯景傳〉），再觀「崔㥄一門婚姻皆是衣冠之美，婁太后為博陵王納㥄妹為妃，勅中使曰：好作法用，勿使崔家笑人」（《北齊書》卷二十三〈崔㥄傳〉），即可知當時風俗。

由隋至唐，南朝士族跟著南朝政權的顛覆，勢力漸次式微（參閱拙著《中國社會政治史》）。至於北朝士族，則勢力猶存，唐太宗雖曾加以壓迫，但社會上的名望固非政治力一蹴就可打倒，所以朝廷雖然壓迫，而當時名臣如「魏徵、房玄齡、李勣等家皆盛與為婚，常左右之，由是舊望不減」（參閱拙著上揭書），到了唐末五代亂，衣冠舊族多離開鄉里，籍譜罕存，而世系無所考，從此而後，士族勢力才見消滅（參閱拙著上揭書）。

吾國古代常以「富貴」兩字並舉，其實富的未必就貴，而貴的往往必富。蓋貴的可利用政治力以求富；富的唯於政治腐化之時才能用捐納之法以取貴。但是富家子弟之受教育，原則上常比貧人容易，在科舉時代，他們中第自比貧人為多。只唯落敗的仕宦之家才不注意子弟教育，賈府就是其例。

當賈雨村為應天府之時，其門子將金陵四大望族的俗諺口碑告知雨村：

賈不假，白玉為堂金作馬。

阿房宮，三百里，住不下金陵一個史。

東海缺少白玉床，龍王來請金陵王。

豐年好大雪，珍珠如土金如鐵。(第四回)

賈即寧榮兩府，寧國公賈演之子賈代化曾任京營節度使，代化之子賈敬曾中丙辰科進士（第十三回），榮國公賈源的兒孫於仕宦方面及科舉方面，均不如寧府。《紅樓夢》書中所謂「賈珍因他父親一心想作神仙，把官倒讓他襲了」，「如今代善早已去世，長子賈赦襲了官」（第二回），這個官均非職事官，亦非寄祿官，而只是勳爵。即祖宗建了功勳，因蔭而食祿，據《紅樓夢》所述林如海的家世云：「原來這林如海之祖曾襲過列侯，今到如海，業經五世。起初只襲三世，因當今隆恩盛德，額外加恩，至如海之父又襲了一代，至如海便從科第出身（如海是前科的探花），雖係世祿之家，卻是書香之族。」（第二回）即原則上只得襲爵三世，若有特恩，可額外又襲一世或兩世。寧榮兩府自封爵以後，到了賈敬、賈赦已有三世，賈敬想做神仙，乃將爵位讓給其子賈珍去襲。但賈府若能自愛而不至於抄家，也許可由特恩，再襲爵一二代。榮府自代善始，似未做過職事官，只唯賈政一人曾任主事（第二回），旋又陞了工部員外郎（第二回，第三回）。皇上見他人品端方，雖非科第出身，特將他點了學差（第三十七回），在外數年，而後回京（第七十一回），不久，又陞為工部郎中（第八十五回）。後值京察，工部將他保列一等，皇上即放了江西糧道（第九十六回）；被屬員蒙蔽，重徵糧米，著降三級，加恩，仍在工部員外上行走，並令即日回京（第一百二回），即榮府只唯賈政一人做過職事官，其餘不過襲爵而已。

史家先代也有功勳，所以史鼎世襲了忠靖侯之爵（第十三回），後來又遷委了外省大員（第四十九回）。賈府抄家之時，史家全眷均在京城（第一百六回），史家結果如何，余未曾細查，讀者如有發現，望舉以相告。

王家如何出身，據鳳姐對賈璉乳母趙嬤嬤說：「我們王府裡也預備過（接駕）一次。那時我爺爺專管各國進貢朝賀的事，凡有外國人來，都是我們家養活。粵、閩、滇、浙所有的洋船貨物都是我們家的。」（第十六回）即王家在鳳姐祖父時代，似在理藩院內服務，又似兼漕運之事，官位雖然不高，但很容易致富。到了鳳姐叔父王子騰，先為京營節度使，旋即陞了九省統制，奉旨出都查邊（第四回），又陞為九省都檢點（第五十三回），最後復陞了內閣大學士，奉旨來京（第九十五回），「離京只二百多里處，在路上沒了」（第九十六回）。

雪即薛，薛家是「皇商」，本是書香繼世之家，「領著內帑錢糧，採辦雜料」，「家中有百萬之富」，故薛蟠之父能與王子騰之妹結婚（第四回）。

此四家均有姻戚關係，史家的小姐即史鼎的姑姑嫁給賈代善，賈政的夫人係王子騰的姊妹，鳳姐亦係王子騰的姪女，要之，賈王兩家的姻戚關係最為密切。薛蟠之母與賈政的夫人是一母所生的姊妹（第四回），所以賈薛二家亦有姻戚關係。就賈母說，史家最親，就王夫人及鳳姐說，王家最親，薛家次之。

吾所奇怪的，鳳姐雖與賈赦之子賈璉結婚，而賈赦本人之妻邢夫人，其家世如何，《紅樓夢》未加說明。賈代善能為次子賈政娶王家之女以為婦，則長子賈赦所娶之邢夫人亦宜出身於大家。《紅樓夢》曾述「邢夫人兄嫂家中原艱難，這一上京，原仗的是邢夫人與他們治房舍，幫盤纏」（第四十九回）。但據邢夫人胞弟邢德全，綽號傻大舅的，告訴賈珍說：「老賢甥，你不知我們邢家的底裡。我們老太太去世時，我還小呢，世事不知。他姐妹三個人，只有你令伯母居長。他出閣時，把家私都帶過來了。……我就是來要幾個錢，也並不是要賈府裡的家私。我邢家的家私也就夠我花了。」（第七十五回）如果這話屬實，則賈府之娶邢夫人，未必不是貪其嫁妝。

在這四族之中，首先家道中落的是薛家。薛蟠「幼年喪父，寡母又憐他是個獨根孤種，未免溺愛縱容些，遂致老大無成」（第四回）。寶釵對王夫人說：「姨娘深知我家的，難道我家當日也是這樣零落不成？」（第七十八回）其所以零落，實因薛蟠幼失教育，「性情奢侈，言語傲慢。……終日惟有鬥雞走馬，遊山玩景而已。……自薛蟠父親死後，各省中所有的買賣承局總管夥計人等，見薛蟠年輕，不諳世事，便趁時拐騙起來，京都幾次生意漸亦銷耗」（第四回），且也，薛蟠依其豪富，仗著親戚的顯貴，往往無理取鬧，而至於殺人。最初是因為爭奪香菱而打死馮淵，「他便如沒事人一般，只管帶了家眷走他的路。……這人命些些小事，自有他弟兄奴僕在此料理」，果然官府「徇情枉法，胡亂判斷了此案，馮家得了許多燒埋銀子，也就無甚話說了」（第四回）。薛蟠既到京城，遷入賈府，又結交許多不肖的豪門子弟，每日花天酒地，狂嫖濫賭，他是「頭一個慣喜送錢與人的」（第七十五回），房屋一幢幢的賣去，當鋪一間間的典出，薛家漸次窮了。最後又因蔣玉函之故，打死酒店裡夥計，不知花了多少銀子，才把故殺改為誤殺（第八十六回）；又不知花了多少銀子，刑部才准其贖罪，將薛蟠放出（第一百二十回）。當年「珍珠如土金如鐵」，現在只有靠著剩下來的些許遺產維持生活了。

其次家道中落的是賈府，在中落以前就有不祥的預兆，這個預兆先發生於寧府。寧府於某年八月中秋前一夜，「大家正添衣喝茶換盞更酌之際，忽聽那邊牆下有人長嘆之聲。大家明明聽見，都毛髮竦然。……只聽得一陣風聲，竟過牆去了。恍惚聞得祠堂內槅扇開闔之聲，只覺得陰氣森森，比先更覺悽慘起來。看那月色時，也淡淡的，不似先前明朗，眾人都覺毛髮倒豎」（第七十五回）。榮國府在賈政為江西糧道，將次被參以前，大觀園內竟然出鬼，先則鳳姐遇到秦可卿的鬼魂（第一百一回），次則尤氏「往西府去，回來是穿著園子裡走過來家的。一到了家，就身上發燒」，「由是，一人傳十，十人傳百，都說大觀園中有了妖怪」，「賈赦沒法，只得請道士到園作法，驅邪逐妖」（第一百二回）。吾舉此段記事，不是主張鬼怪出現，而後家道中落。賈府家道之中落由來已久，「生齒日繁，事務日盛」，而「日用排場又不能將就省儉」（第二回），試問賈府安得不窮？然而上自賈母，下至寶玉，竟然無人知道貧窮之將至。抄家之後，賈政才知道家裡景況。賈母問賈政道：「如今東府裡是抄了去了，房子入官不用說，你大哥那邊，璉兒那裡，也都抄了。偺們西府裡的銀庫和東省地土，你知道還剩了多少？」賈政聽見賈母一問，便回道：「昨日兒子已查了：舊庫的銀子早已虛空，不但用盡，外頭還有虧空。……東省的地畝，早已寅年吃了卯年的租兒了。」

（第一百七回）固然皇上降旨，將榮國公世職著賈政承襲，「但是家計蕭條，入不敷出」，「家人們見賈政忠厚，鳳姐抱病不能理家，賈璉的虧空一日重似一日，難免典房賣地。府內家人幾個有錢的，怕賈璉纏擾，都裝窮躲事，甚至告假不來，各自另尋門路」（第一百七回）。過去賈珍對於皇上所賜的「春祭的恩賞」，還說：「偺們家雖不等這幾兩銀子使，……那些世襲窮官兒家，要不仗著這銀子，拿什麼上供過年？」（第五十三回）曾幾何時，恐怕賈府「上供過年」，也要「仗著這銀子」了。

又次家道中落的是王家。自王子騰由京營節度使陞為九省統制，奉旨出都查邊（第四回）之後，其本人已經離京，所以秦可卿之喪，不見王子騰來祭（第十四回）。中間曾召回京城，當寶玉及鳳姐受到馬道婆的魔法而發狂之時，王子騰夫人適在榮府，翌日王子騰也來問候（第二十五回）。賈母把孔雀裘給與寶玉，寶玉就披了這件皮衣，赴王子騰家拜壽（第五十二回），可知此時王子騰尚在京城。及至陞為九省都檢點，才又離京（第五十三回），但其弟姪甚似始終均留在金陵，所以才有鳳姐之兄王仁進京，途遇邢夫人的嫂子及其女兒岫烟，李紈的寡嬸及其兩女李紋、李綺，又遇上了薛蟠從弟薛蝌之事（第四十九回）。王家雖未封爵，而傳到王子騰之時，官位實比三家高些。但是王家子孫只有子騰一人還算正派，其他諸人據寶釵說：「王家沒了什麼正經人了。」（第一百十四回）即如鳳姐所說：「二叔（王子騰之弟王子勝）為人是最嗇刻的，比不得大舅太爺（王子騰）。」賈璉更看不起王仁，他對鳳姐說道：「你哥哥一到京，接著舅太爺的首尾就開了一個弔。……弄了好幾千銀子。後來二舅嗔著他，說他不該一網打盡。他吃不住了，變了個法兒，指著你們二叔的生日撒了個網，想著再弄幾個錢，好打點二舅太爺不生氣。……如今御史參了一本，說是大舅太爺的虧空，本員已故，應著落其弟王子勝姪兒王仁賠補。」（第一百一回）賈母也對史湘雲說：「真真是六親同運，……二太太的娘家大舅太爺一死，鳳丫頭的哥哥也不成人；那二舅太爺是個小氣的，又是官項不清（大約是指為其兄王子騰賠補虧空），也是打饑荒。」（第一百八回）由此可知王家落敗，還是由於兒孫不肖。

最後當述史家，史家即賈母的娘家，余讀《紅樓夢》一書，似賈母與其娘家不甚親密。案忠靖侯史鼎是住在京師，所以秦可卿之喪，他曾來作弔，到了後來，「遷委了外省大員，不日要帶家眷去上任。賈母因捨不得湘雲，便留下他了，接到家中」（第四十九回），史鼎大約在外數年，又召回京，賈府抄家之時，史家只派兩個女人來慰問，那兩個女人說：「我們家的老爺、太太、姑娘打發我來說……這裡二老爺是不怕的了。我們姑娘本要自己來的，因不多幾日就要出閣，所以不能來了。」（第一百六回）老爺是指史鼎，太太是指史鼎夫人，姑娘是指史湘雲。湘雲之不來，情理上還可原諒，史鼎及其夫人不親來慰問賈母，似說不過去。但吾人觀那兩個女人說：「這裡二老爺是不怕的了。」大約史鼎已經得到消息，知賈政將承襲榮國公世職，果然不久聖旨就下來了。吾作此言，蓋欲證明賈母與其娘家不大親密。據《紅樓夢》所述，史鼎夫人似是一位刻薄寡恩的人，觀其待遇湘雲，即可知之。寶釵對襲人說：「我近來看著雲姑娘的神情……在家裡一點兒做不得主。他們家嫌費用大，竟不用那些針線上的人，……上次他告訴我說：在家裡做活做到三更天；要是替別人做一點半點兒，那些奶奶太太們還不受用呢。」（第三十二回）海棠社創立之時，湘雲要先作東，寶釵就說：「你一個月統共那幾吊錢，你還不夠使；這會子又幹這沒要緊的事，你嬸娘聽見了，越發抱怨你了。」（第三十七回）寶釵所指的「你嬸娘」即史鼎夫人。賈母告訴史家的兩個女人說：「我前兒還想起我娘家的人來，最疼的就是你們姑娘，一年三百六十天，在我跟前的日子倒有二百多天。混的這麼大了，我原想給他說個好女婿，又為他叔叔不在家，我又不便作主。他既有造化配了個好姑爺，我也放心。」（第一百六回）話說到別處去了，要之，在四族之中，只唯史家還在做官，家道並未中落。

寶玉與其三位表姊妹

十二金釵之中，寶玉的表姊妹共有三位，依年齡大小的順序舉之，一是薛寶釵，二是林黛玉，三是史湘雲。此三人與寶玉均有結婚的可能。在昔，婚姻是依父母之命，媒妁之言的。然薛、林、史三人均與寶玉有親戚關係，而又朝夕相見，則媒妁之言，固無必要，而父母之命卻能決定寶玉的親事。

榮府之中，賈母地位最高，她的意見最有權威。但王夫人是寶玉之母，鳳姐極受賈母的寵愛和信任，所以鳳姐的意見常可影響於賈母。總之，寶玉的親事乃決定於賈母、王夫人及鳳姐三人。

今捨寶玉的心意而不談，先談榮府三代主婦與三位小姐的親疏關係。由賈母觀之，黛玉最親，湘雲次之，寶釵最疏。由王夫人觀之，寶釵最親，黛玉次之，湘雲最疏。由鳳姐觀之，鳳姐乃王夫人的內姪女，她與三位小姐的關係完全和王夫人相同，寶釵最親，黛玉次之，湘雲最疏。故以親屬關係的親疏為標準，湘雲的地位比不過林、薛二位小姐，自始就不在選擇之中。所以剩下的，只有林黛玉與薛寶釵。

由寶玉的立場說，就父親賈政方面言，姑表黛玉最親，就母親王夫人方面言，姨表寶釵最親。在過去，姑表比姨表親些。由今日血統關係言之，姑表與姨表，其親相同，故凡以血統遠近為標準，而謂血統太近，不宜結婚，則寶釵與黛玉的機會相差無幾。

現在試來一看寶玉對林、薛兩人的感情如何？凡讀過《紅樓夢》的人自會知道寶玉心中所欲追求的，乃是黛玉。據寶玉對黛玉說：

> 當初姑娘來了，那不是我陪著玩笑？……一個桌子上吃飯，一個床兒上睡覺。丫頭們想不到的，我怕姑娘生氣，我替丫頭們都想到了。我心裡想著：姐妹們從小兒長大，親也罷，熱也罷，和氣到了兒，才見得比別人好。如今誰承望姑娘人大心大，不把我放在眼裡，倒把外四路兒的什麼寶姐姐鳳姐姐的放在心坎兒上。三日不理，四日不見的，我又沒個親兄弟，親妹妹，——雖然有兩個，你難道不知道是我隔母的？我也和你是獨出，只怕你和我的心一樣；誰知我是白操了這一番心，有冤無處訴！（第二十八回）
>
> 我心裡的事也難對你說，日後自然明白。除了老太太、老爺、太太這三個人，第四個就是妹妹了。要有第五個人，我也起過誓。（第二十八回）

寶玉誤認襲人為黛玉，對她又說出心裡的話。這幾句話對於襲人有很大的衝擊；又依襲人愛憎黛玉的心理，對於黛玉可發生很大的影響。

> 好妹妹！我的這個心，從來也不敢說；今日膽大說出來，就是死了也是甘心的！我為你，也弄了一身的病，又不敢告訴人，只好捱著！等你的病好了，只怕我的病才得好呢。——睡裡夢裡也忘不了你！（第三十二回）

到了紫鵑要試探寶玉是真情或是假意，故意騙他明年黛玉要回蘇州去，害得寶玉大發顛狂。薛姨媽說：「寶玉本來心實，可巧林姑娘又是從小兒來的，他姐妹兩個一處長得這麼大，比別的姐妹更不同。」（第五十七回）寶玉心中只有黛玉一人，經此番事件發生之後，賈母應該知道。一是自己的孫子，一是自己的外孫女，豈能毫不關心。但是吾國古代結婚，是以傳宗接代為第一目的，個人只是宗族譜牒的一階段。個人與誰結婚，不依個人的意思，而以全家幸福為標準。因之，我們要知道釵、黛二人之中，誰與寶玉結婚的希望最大，一須比較兩人的體格，觀誰能生育健康的嬰兒；二須比較兩人的性情，觀誰能與家人和平共處。

就體格說，兩人均是千金小姐，養尊處優，但寶釵身體實比黛玉強些，黛玉自幼多病，黛玉亦不之諱。

> 眾人見黛玉……身體面貌雖弱不勝衣，卻有一段風流

> 態度，便知他有不足之症。因問：「常服何藥？為何不治好了？」黛玉道：「我自來如此，從會吃飯時便吃藥到如今了。經過多少名醫，總未見效。那一年，我才三歲，記得來了一個癩頭和尚，說要化我去出家，我父母自是不從。他又說：『既捨不得他，只怕他的病一生也不能好的！若要好時，除非從此以後總不許見哭聲，除父母之外，凡有外親一概不見，方可平安了此一生。』這和尚瘋瘋癲癲說了這些不經之談，也沒人理他。如今還是吃人參養榮丸。」（第三回）

反之，寶釵「生得肌骨瑩潤，舉止嫻雅」（第四回），「寶釵原生的肌膚豐澤，……臉若銀盆，眼同水杏，唇不點而含丹，眉不畫而橫翠，比黛玉另具一種嫵媚風流」（第二十八回），由體格看，寶釵比之黛玉，健康而又有福相。在這一回合，寶釵已打了勝仗。

就性情說，「寶釵行為豁達，隨分從時，不比黛玉孤高自許，目無下塵，故深得下人之心。便是那些小丫頭們，亦多與寶釵親近」（第五回）。而且黛玉疑心太重，她看到史湘雲掛了金麒麟，寶玉最近也得到一個金麒麟，「便恐（寶玉）借此生隙，同湘雲也做出那些風流佳事來」（第三十二回）。惜春道：「我看他（黛玉）總有些瞧不破。」（第八十二回）賈母亦說：「我看那孩子（黛玉）太是個心細。」（第八十三回）連寶玉都說：「林妹妹是個多心的人。」（第二十二回）她終歲為造化小兒所苦，醫生謂其「多疑多懼，不知者疑為性情乖誕，其實因肝陰虧損，心氣衰耗」（第八十三回）。由我看來，黛玉是患肺病，且已到了第三期。黛玉因多病而影響到性情方面，又打了一次敗仗。

薛、林二位小姐於體格方面，於性情方面，兩相比較，寶釵當選，黛玉落第已成為定局。榮府的人多喜寶釵而惡黛玉。湘雲勸寶玉應該常常會會那些為官作宦的，談講談講仕途經濟的事，寶玉大覺逆耳，便道「姑娘請到別的屋裡坐坐吧」。襲人連忙解釋說道：

> 上回也是寶姑娘說過一回，他（寶玉）拿起腳來就走了。……幸而是寶姑娘，那要是林姑娘，不知又鬧的怎麼樣，哭的怎麼樣呢。……寶姑娘真真是有涵養，心地寬大的。（第三十二回）

趙姨娘因見寶釵送了賈環些東西，心中甚是喜歡。想道：

> 怨不得別人都說那寶丫頭好，會做人，很大方。如今看起來，果然不錯！他哥哥能帶了多少東西來？他挨門兒送到，並不遺漏一處，也不露出誰薄誰厚。連我們這樣沒時運的，他都想到了。要是那林丫頭，他把我們娘兒們正眼也不瞧，那裡還肯送我們東西？（第六十七回）

趙姨娘的想法固然無足輕重，而襲人的話卻不能忽視。自從襲人勸王夫人叫寶玉搬出園外去住（第三十四回）之後，王夫人對於襲人極其信任。黛玉雖然多心，而說話又常隨口而出，不加考慮。襲人怕寶玉「娶了一個利害的，自己便是尤二姐、香菱的後身。素來看著賈母、王夫人光景，及鳳姐兒往往露出話來，自然是黛玉無疑了。那黛玉就是個多心人」。於是走到黛玉處，故意提起尤二姐的事。黛玉便說道：「但凡家庭之事，『不是東風壓了西風，就是西風壓了東風』。」（第八十二回）此言一入襲人之耳，襲人的感想如何，讀者當能理會。

先則下面人抑林而揚薛，這種輿論免不了傳到上面的人。賈母老早就喜歡寶釵，而惡嘴上刻薄的人。鳳姐能言善語，但她在賈母面前，只講講笑話，並不敢刻薄傷人。

> 賈母道：「鳳兒嘴乖，怎麼怨得人疼他？……不大說話的又有不大說話的可疼之處；嘴乖的也有一宗可嫌的，倒不如不說的好。……提起姐妹，不是我當著姨太太的面奉承，千真萬真，從我們家裡四個女孩兒算起，都不如寶丫頭。」薛姨媽聽了，忙笑道：「這話是老太太說偏了。」王夫人忙又笑道：「老太太時常背地裡和我說寶丫頭好，這倒不是假話。」（第三十五回）

賈母又說：

> 林丫頭那孩子倒罷了，只是心重些，所以身子就不大很結實了。要賭靈性兒，也和寶丫頭不差什麼；要賭寬厚待人裡頭，卻不濟他寶姐姐有耽待，有儘讓了。（第八十四回）

黛玉死後，賈母還說：「我看寶丫頭也不是多心的人，比不的我那外孫女兒的脾氣，所以他不得長壽！」（第九十八回）賈母喜愛寶釵，而且明白說出黛玉的性情不如寶釵寬厚，寶玉與黛玉的親事變成悲劇，是早就成為定案。

不但賈母，元春深居皇宮之中，對於寶釵與黛玉，似亦偏於寶釵。端午節元春賞賜許多物品給賈母等人，寶釵所得是和寶玉一樣，各有四品；黛玉所得則和迎春姊妹相同，每人只有兩品。竟令寶玉說道：「怎麼林姑娘的倒不同我的一樣，倒是寶姐姐的同我一樣？別是傳錯了罷？」（第二十八回）傳錯不會，由於此點，可見元春至少也由體格方面，認為寶玉娶寶釵為婦，最為適當。

最後，由賈母決定，選擇寶釵為寶玉之妻，理由還是基於體格及性情。請聽賈母及王夫人的話。

> 賈母皺了一皺眉，說道：「林丫頭的乖僻，雖也是他的好處，我的心裡不把林丫頭配他（寶玉），也是為這點子；況且林丫頭這樣虛弱，恐不是有壽的，只有寶丫頭最妥。」王夫人道：「不但老太太這麼想，我們也是這麼想。」（第九十回）

鳳姐是絕頂聰明的人，她看到聽到賈母之稱許寶釵，對於黛玉嫌其性情乖誕，身體孱弱，故在賈母未與王夫人商量，而注意寶玉親事之時，她便提出意見。

> 鳳姐便問道：「太太不是說寶兄弟的親事？」邢夫人

> 道：「可不是麼？」……鳳姐笑道：「現放著天配的姻緣，何用別處去找？」賈母笑問道：「在那裡？」鳳姐道：「一個『寶玉』，一個『金鎖』，老太太怎樣忘了？」……賈母因道：「可是我背晦了。」（第八十四回）

此話是說在賈母與王夫人商量以前。後來寶玉與寶釵結婚，均由鳳姐計劃。所以黛玉死後，賈母以半開玩笑的口吻對鳳姐說：

> 「猴兒！你林妹妹恨你，將來你別獨自一個兒到園裡去，提防他拉著你不依。」（第九十九回）

假清高的妙玉

在十二金釵之中，我最喜歡的是史湘雲，最討嫌的是妙玉。湘雲性豪爽，想什麼，就說什麼，心口如一；說什麼，就做什麼，言行一致。此種人很難見容於社會，唯其不見容於社會，所以世風日下，讜言讜論很難見容於人世，而令慕古之士深嘆人心不古。湘雲割腥啖膻，黛玉笑道：「那裡找這一群花子去？罷了！罷了！今日蘆雪亭遭劫，生生被雲丫頭作踐了。我為蘆雪亭一大哭！」（第四十九回）黛玉這幾句話，清香麼？寒酸而已。湘雲聽了，冷笑道：「你知道什麼？『是真名士自風流！』你們都是假清高，最可厭的！」（同上）黛玉言語尖刻，但遇到湘雲，毫無辦法。

湘雲罵黛玉假清高，哪知十二金釵之中，最最假清高的，莫如妙玉。妙玉與賈府非親非戚，其入住大觀園，是在元春省親以前。她「本是蘇州人氏，祖上也是讀書仕宦之家，因自幼多病，買了許多替身，皆不中用，到底這姑娘入了空門，方才好了，所以帶髮修行。今年十八歲，取名妙玉。如今父母俱已亡故，……文墨也極通，經典也極熟，模樣又極好。……去年隨了師父上來，現在西門外牟尼院住著。他師父於去冬圓寂了，未曾扶靈回去」（第十七回）。觀妙玉的家世，並非不做尼姑不可，而其出家為尼，又非心甘意願，乃因幼時多災多病，不得不入空門。雖入空門，還是帶髮修行，青絲未斷，何能看破紅塵？其入榮府是由禮聘，即榮府下個請帖，而後她才肯入住大觀園的櫳翠庵。

妙玉自高身價，非下帖禮聘，不入公侯之門，此不過使人注意而已，使人敬重而已。以賈府的榮華富貴，又生下一位啣玉的公子，京裡的人誰不曉得？妙玉由蘇州來到京城，是否欲與寶玉一會，吾人不敢瞎猜。但寶玉是豪門公子，妙玉是佛門尼姑，兩人自無相會的可能。要想相會，只有抬高自己的身價，以引起別人注意。這是歷史上許多名流要躍上政治舞臺，別開生面的終南捷徑。東漢士大夫多矯飾其行以沽名釣譽，州郡推舉，不應焉，公府辟舉，不應焉，天子下詔禮請，不應焉。到底其為人也如何？處士純盜虛聲（參閱拙著《中國社會政治史》，尤其樊英之例）。

凡是膏腴世家大率反對三姑六婆。賈府不但不禁止三姑六婆上門，而寶玉且拜馬道婆為寄名的乾娘（第二十五回），這是吾人所大惑不解的。當然余是生於前清末葉，前清末葉之人視以為怪的，曹雪芹時代的人未必視之為怪，也是情理之常。但當乾娘的馬道婆一面收了賈母一天五斤的油錢，供奉「大光明普照菩薩」，永保寶玉康寧，再無邪祟之災（第二十五回）；同時又接受了趙姨娘的賄賂，在家作法，害得寶玉發狂（第二十五回）。秦可卿之喪，鳳姐下榻於水月庵（即饅頭庵)，其住持靜虛竟然遊說鳳姐，鳳姐得了三千兩銀子，而害死兩條人命（第十五回，第十六回)。後來靜虛看到這兩個鬼魂前來討命（第八十八回)；鳳姐將死之時，亦看到這兩個鬼魂前來作祟（第一百十三回)。再看包勇之言：「我說那三姑六婆是再要不得的！我們甄府裡從來是一概不許上門的。不想這府裡倒不講究這個！」（第一百十二回）可知三姑六婆雖是不讀書的人也是反對的。

賈府一家都很迷信，賈敬一心想作神仙（第二回)，固不必說。當黛玉初進榮國府之時，賈赦因為連日身上不好，不欲見到甥女，彼此傷心（第三回)，猶可說也。賈政齋戒去了，寶玉往廟裡還願去了（第三回)，其迷信也如此之深。巧姐患了天花之疾，鳳姐「一面打掃房屋，供奉痘疹娘娘；……一面命平兒打點鋪蓋衣服與賈璉隔房」（第二十一回)。此種迷信習慣，據我記憶，乃流傳到七十餘年以前。元春曾打發太監，送了一百二十兩銀子叫在清虛觀，初一到初三打三天平安醮，唱戲獻供（第二十八回)，皇宮之中也迷信了。清虛觀的張道士乃是當日榮國公的替身；曾經先皇御口親呼為太幻仙人。何謂替身？古者，凡人多病或久病不癒，謂宜出家為道士或為僧尼，但富貴之家哪肯讓其兒孫遁入空門，於是就買了一人，代其出家，這位代替的人叫做替身。榮國公自己既用替身之法，延長壽命，那麼，他的子孫當然信仰佛道，妙玉能夠受到榮府歡迎，是有原因的。茲將《紅樓夢》所述之廟庵而與賈府有關係的列表如次：

水月庵　初見於第七回。

鐵檻寺　初見於第十四回。
饅頭庵（即水月庵）　初見於第十五回。
牟尼院　妙玉初寄足於此，見第十七回。
玉皇廟　見第二十三回。
達摩院　同上。
清虛觀　見第二十八回。
水仙庵　見第四十三回。
櫳翠庵　在大觀園內，妙玉住此，見第五十回。
元真觀　賈敬在此修煉，亦死於此，見第六十三回。
地藏庵　見第七十八回。
天齋廟　見第八十回。
散花寺　見第一百一回。
（遺漏必多，櫳翠庵必非首見於第五十回）

妙玉實在妙極，雖云「祖上也是讀書仕宦之家」，「如今父母俱已亡故」（第十七回）。而帶在身邊的古董，單單茶杯無一不是國寶（第四十一回）。她拿出兩隻杯來，一隻是晉代王凱的「瓝瓟斝」，妙玉斟了一斝，遞與寶釵；另一隻是「點犀䀉」，妙玉斟了一䀉與黛玉，又將自己常用的那隻綠玉斗，斟與寶玉。劉老老吃過的茶杯，嫌它骯髒，寧可砸碎，而自己常用的茶杯卻斟與臭男子的寶玉（第四十一回）。其對寶玉，誰謂無情？既吃之後，又復假惺惺的說道：「你這遭吃茶是託他兩個的福，獨你來了，我是不能給你吃的。」（第四十一回）此地無銀三百兩，多此一言，情更可疑。

寶玉確是妙玉知己，寶玉因為劉老老曾進入櫳翠庵，走時，對妙玉說：「等我們出去了，我叫幾個小么兒來，河裡打幾桶水來洗地，如何？」妙玉笑道：「這更好了。只是你囑咐他們，抬了水，只擱在山門外頭牆根下，別進門來。」寶玉道：「這是自然的。」（第四十一回）此種潔癖無乃太過造作。既嫌劉老老之不潔，何以又許寶玉進入庵內？照寶玉說，男子是泥造的，最是濁臭逼人（第二回），難道妙玉與寶玉有特別感情？

蘆雪亭詠詩之時，李紈說：「我才看見櫳翠庵的紅梅有趣，我要折一枝插在瓶裡，可厭妙玉為人，我不理他。如今罰你（寶玉）取一枝來，插著玩兒。」繼著，《紅樓夢》又描寫如次：

> 寶玉也樂為，答應著就要走。湘雲、黛玉一起說道：「外頭冷得很，你且吃杯熱酒再去。」……湘雲笑道：「你吃了我們這酒，要取不來，加倍罰你！」寶玉忙吃了一杯，冒雪而去。李紈命人好好跟著，黛玉忙攔說：「不必，有了人，反不得了。」李紈點頭道：「是。」……只見寶玉笑欣欣擎了一枝紅梅進來。……寶玉笑道：「你們如今賞罷。也不知費了我多少精神呢！」（第五十回）

妙玉與寶玉的情愫，最先知道的是邢岫烟。寶玉生日，妙玉用粉紅箋紙，上面寫著：「檻外人妙玉恭肅遙叩芳辰」。寶玉看她下著「檻外人」三字，不知回帖上須用什麼字樣才相敵。想去問黛玉，途中遇到邢岫烟，便將拜帖取給岫烟看。

笑道：「他原是世人意外之人，因取了我是個些微有知識的，方給我這帖子。我因不知回什麼字樣才好，……求姐姐指教。」《紅樓夢》繼著又謂：

> 岫烟聽了寶玉這話，且只管用眼上下細細打量了半日，方笑道：「怪道俗語說的，『聞名不如見面』，又怪不得妙玉竟下這帖子給你，又怪不得上年竟給你那些梅花。既連他這樣，少不得我告訴你原故。他常說：古人中，自漢、晉、五代、唐、宋以來，皆無好詩，只有兩句好，說道：『縱有千年鐵門檻，終須一個土饅頭』。所以他自稱『檻外之人』。又常讚文是莊子的好，故又或稱為『畸人』。他若帖子上是自稱『畸人』的，你就還他個『世人』。畸人者，他自稱是畸零之人；你謙自己乃世上擾擾之人，他便喜了。如今他自稱檻外之人，是自謂蹈於鐵檻之外了，故你如今只下『檻內人』，便合了他的心了。」（第六十三回）

聰明哉岫烟，幽默哉岫烟，先則只管用眼上下打量了寶玉半日，次又說出不知何意的俗語：「聞名不如見面」，再次又連說兩次「怪不得」，「又怪不得」，妙玉對於寶玉的情愫已被岫烟看透了。

到了惜春與妙玉下棋，寶玉忽然輕輕的掀簾進去，一面與妙玉施禮，一面又笑問道：「妙公輕易不出禪關，今日何緣下凡一走？」《紅樓夢》繼續寫著：

> 妙玉聽了，忽然把臉一紅，也不答言，低了頭，自看那棋。寶玉自覺造次，連忙陪笑道：「倒是出家人比不得我們在家的俗人。頭一件，心是靜的。靜則靈，靈則慧……」寶玉尚未說完，只見妙玉微微的把眼一抬，看了寶玉一眼，復又低下頭去，那臉上的顏色漸漸的紅暈起來。……妙玉歸去，……掩了庵門，坐了一回，……吃了晚飯，點上香，拜了菩薩，……跏趺坐下，斷除妄想，趨向真如。坐到三更以後，……忽聽房上兩個貓兒一遞一聲廝叫。那妙玉忽想起日間寶玉之言，不覺一陣心跳耳熱，……。（第八十七回）

聽了寶玉的話：「今日何緣下凡一走」，忽然把臉一紅，既又更見紅暈起來。心有所思，必形之於臉色，妙玉凡心動了。晚間聽到貓兒叫春，又想起日間寶玉之言，不覺心跳耳熱。妙玉春心動了，終至走火入魔。年方少艾，凡心未斷，哪能出家為尼。所以惜春才說：「妙玉雖然潔淨，畢竟塵緣未斷。」（第八十七回）

佛徒每日念經拜佛至少三次。我幼時，每年夏天均隨父母往福州鼓山避暑，山有廟，廟內有一所大殿，該廟和尚有數百名之多，或云一千餘名。每晚全體和尚必在大殿內作夜課，念經時，時而跪拜，時而起立，這不是運動其身體，而是勞苦其筋骨。經念完了，最後一齣是我們小孩最愛看的，吾鄉謂之「唱花」，實即小說中所謂「羅漢陣」。「羅漢陣」最多只用一百零八人，所以要分為若干組。和尚走動不已，其陣變化多端，或如蓮花一開一闔，開則個個離開，闔又彼此密集。或如常山蛇，頭動則尾應，尾動則頭應。如斯「唱花」，至短約有半小時，才見停止。而鐘聲一鳴，和尚各回房裡睡眠。「唱花」蓋欲消耗和尚的體力，使和尚上床之後，不會胡思亂想。妙玉塵心未泯，又聽到貓兒叫春，再憶起寶玉所說「下凡一走」之語，何能不因動心而生情，更因生情而動心，心既動了，自會走火入魔。前此作模作樣，不過假惺惺而已。

三、大巧若拙的「智者」
鋒芒畢露的「愚者」

——豪門中小人物的生存之道

由趙姨娘說到《紅樓夢》中妾的地位

我看了《紅樓夢》之後，總覺得過去法律雖不禁止人民納妾，而妾的地位卻極低賤，甚至比未嫁的丫頭及年老的佣人還差一段。案妻妾之別乃開始於周代，周代以前似無嫡（妻）媵（妾）之別。晉張惲言：「〈堯典〉以釐降二女為文，不殊嫡媵，傳記以妃夫人稱之，明不立正后也。」（《晉書》卷二十〈禮志中〉）既無嫡媵，其所生之子自無嫡庶之分。分別嫡媵——嫡庶，似由周始。齊桓公會諸侯於陽穀，曰「無以妾為妻」（《公羊傳》僖公三年），可知周時嫡媵之別甚見嚴格①。古代貴族無不多妻，今以春秋時諸侯之例言之，「諸侯娶一國，則二國往媵之，以姪娣從」。故「諸侯一聘九女」（同上莊公十八年）。所謂九女，即夫人一，媵二，此三者又各以姪一、娣一從，合計九人。「唯天子娶十二女」（《公羊傳》成公十年何休〈解詁〉）。如是，諸子繼嗣，不免引起爭端，故又依其母為妻或為妾，而定嫡庶之別。《公羊傳》隱公

① 參閱拙著《中國社會政治史》。

元年載：「立適（嫡）以長不以賢，立子以貴不以長。」何休〈解詁〉：「適謂適夫人之子，尊無與敵，故以齒。子謂左右媵及姪娣之子，位有貴賤，又防其同時而生，故以貴也。禮，適夫人無子，立右媵；右媵無子，立左媵；左媵無子，立適姪娣；適姪娣無子，立右媵姪娣；右媵姪娣無子，立左媵姪娣。」實際制度是否如斯，吾人不可得知。吾人所應知道的：禹之立子乃以防酋長爭奪帝位，周之立嫡長子，又以防諸子之爭端。鄭玄說：「周禮，嫡子死，立嫡孫為後。」（《禮記注疏》卷六〈檀弓上三〉）周代妻妾之別，其嚴也如是②。

在賈府之中，賈政是正派的人，他有一妻兩妾，妻是王夫人，妾是周姨娘及趙姨娘，周姨娘無出，趙姨娘生一女探春，一子賈環。趙姨娘雖然生有兒女，然其地位，如前所說，比不上年輕的丫頭及年老的佣人。何以見呢？寶玉在榮府中，因有賈母溺愛，其位勢無異皇子，然其對於老佣人，不問男女，均甚尊敬。例如寶玉坐著白馬，赴王子騰家拜壽之時，馬過賈政的書房門口，寶玉要下馬，周瑞道：「老爺不在書房裡，天天鎖著，爺可以不用下來罷了。」寶玉笑道：「雖鎖著，也要下來的。」錢昇、李貴都笑道：「爺說的是。就託懶不下來，倘若遇見賴大爺（賴大）林二爺（林之孝），雖不好說爺，也要勸兩句，所有的不是，都派在我們身上，又說我們不教給爺禮了。」「正說話時，頂頭見賴大進來，寶玉忙籠住馬，意欲下來。賴大忙上來抱住腿，寶玉便在鐙上站起來，笑著，攜手說了幾句話」（第五十二回）。賴大不過榮府老佣人而已。他可以教導寶玉，寶玉見他，即欲下馬。此即西漢

② 參閱拙著《中國社會政治史》。

之世，「丞相進見聖主，御坐為起，在輿為下」（《漢書》卷八十四〈翟方進傳〉）的道理，此一例也。怡紅院將開夜院之夕，「已是掌燈時分，聽得院門前有一群人進來。大家隔窗悄視，果見林之孝家的和幾個管事的女人走來，前頭一人提著大燈籠。……林之孝家的又問：『寶二爺睡下了沒有？』眾人都回：『不知道。』襲人忙推寶玉。寶玉靸了鞋，便迎出來，笑道：『我還沒睡呢。媽媽進來歇歇。』又叫：『襲人，倒茶來。』林之孝家的忙進來笑說：『……如今天長夜短，該早些睡了，明日方起的早；不然，到了明日起遲了，人家笑話，不是個讀書上學的公子，倒像那起挑腳漢了。』……寶玉忙笑道：『媽媽說的是。我每日都睡的早，……今日因吃了麵，怕停食，所以多玩一回。』」（第六十三回）林之孝家的是老佣人林之孝之妻，她可以勸導寶玉，寶玉對她亦極有禮貌，此又一例也。

此種體面，妾是沒有的。趙姨娘為人邪慝，固然不值得人們尊敬，然既生了一女一子，似應給她留些面子。然她在榮府之中，竟然毫無地位，死時，只有賈環一人在側。難怪周姨娘想到「做偏房的側室下場頭不過如此！況他還有兒子；我將來死的時候，還不知怎樣呢」（第一百十三回）。

固然賈赦要娶鴛鴦為妾，邢夫人往說鴛鴦，曾有「過一年半載，生個一男半女，你就和我並肩了」之語（第四十六回）。此不過遊說之辭，迎春是庶出，讀者知道迎春生母姓什麼，是生是死？賈母除寶玉外，她愛女孩似比男孩多些，她尤愛品貌美、會說話的女孩。八月初三是賈母八旬大慶，由七月二十八日做起，做到八月初五日才止。八月初四日是賈府合族長幼大小共湊家宴，賈瑞之母帶了女兒喜鸞，賈瓊之母也帶了女兒四姐兒，還有幾房的孫女兒，大小共有二十來個。賈母獨見喜鸞、四姐兒生得又好，說話行事與眾不同，心中歡喜，便叫她兩個也坐在榻前（第七十一回）。所以迎春及探春雖是庶出，賈母均甚喜歡。黛玉初進榮國府，在賈母房內陪黛玉吃飯的，迎、探、惜三春俱在。至於王夫人、李紈、鳳姐則於伺候賈母飯畢，才各回自己房中用飯（第三回）。余細閱《紅樓夢》，賈政同王夫人吃飯，周、趙二位姨娘並未上桌，這大約由於賈府太過重視名分，以為妻妾不宜平等之故。一切宴會，不問節日的家宴或誕辰的壽宴，姨娘均不上席，此猶可以說家有喜慶，偏房應該迴避。若就平時生活言之，姨娘月錢每人二兩，丫頭兩人，月錢人各五百錢（第三十六回）。至於上頭姑娘如迎春等，月錢多少，據探春說：「咱們一月已有二兩月銀，丫頭們又另有月錢。」（第五十六回）即姨娘的月錢乃與上頭姑娘相同，而其所用丫頭人數比之上頭姑娘，少得不能相比。而鳳姐還冷笑說：「也不想想，自己也配使三個丫頭？」（第三十六回，此語似是說給趙姨娘聽）丫頭的月錢又與寶玉所用小丫頭相同，月僅五百錢（第三十六回），即比上頭姑娘所用的大丫頭，如探春的侍書少些，最多也不過相同。由姨娘所用的丫頭人數及丫頭月錢多寡，亦可推測姨娘的地位如何。

姨娘地位甚低，所以她所生兒女不免發生自卑感。賈環道：「我拿什麼比寶玉？你們怕他，都和他好，都欺負我不是太太養的！」說著，便哭（第二十回）。案賈府有一大批男女奴才，男的叫做小廝，女的叫做丫頭。小廝配了丫頭，他們生下的兒女還是奴才，這就是古人所謂「奴產子」（《史記》卷四十八〈陳涉世家〉）。姨娘若由「奴產子」出身，其兄弟還是奴才。姨娘生有子女，女之高貴如迎春、探春等已如前述，男則成為主子，姨娘對之沒有管教之權。鳳姐聽趙姨娘啐罵賈環，便說：「憑他怎麼去（賈環去同寶釵、香菱、鶯兒趕圍棋作耍，因輸錢而哭），還有老爺、太太管他呢，……他現是主子，不好，橫豎有教導他的人，與你什麼相干？——環兄弟，出來，跟我玩去。」（第二十回）因之，她的子女也只認嫡母為母，而與其生母的姨娘就疏遠了。探春說過：「我只管認得老爺、太太兩個人，別人我一概不管！……什麼偏的，庶的，我也不知道。」（第二十七回）至於姨娘的兄弟，更不肯認之為姻戚。趙姨娘兄弟趙國基死時，鳳姐因病不能理事，王夫人便「將家中瑣碎之事，一應都暫令李紈協理。……命探春合同李紈裁處」（第五十五回）。探春依舊規矩，只給二十兩銀子，作為趙國基的埋葬費。趙姨娘跑來詰責探春，謂其不替她出氣。探春說：

> 太太滿心疼我，因姨娘每每生事，幾次寒心。我但凡是個男人，可以出得去，我早走了，立出一番事業來，那時自有一番道理，偏我是女孩兒家，一句多話也沒我亂說的。太太滿心裡都知道，如今因看重我，才叫我管家務。還沒有做一件好事，姨娘倒先來作踐我。倘或太太知道了，怕我為難，不叫我管，那才正經沒臉呢！——連姨娘也沒臉了！（第五十五回）

趙姨娘說道：

> 你只顧討太太的疼，就把我們忘了？……如今你舅舅死了，你多給了二三十兩銀子，難道太太就不依你？分明太太是好太太，都是你們尖酸刻薄！可惜太太有恩無處使！(同上)

探春沒聽完，氣的臉白氣噎，因問道：

> 誰是我舅舅？我舅舅早陞了九省的檢點了！那裡又跑出一個舅舅來？……既這麼說，每日環兒出去，為什麼趙國基又站起來？又跟他上學？為什麼不拿出舅舅的款來？(同上)

探春極力想擺脫正出庶出的觀念，她不認趙國基為舅舅，固然太過絕情，然亦依照賈府規矩。趙國基與趙姨娘大約是由「奴產子」出身。趙姨娘雖被賈政收之為妾，而趙國基尚未解放，奴才的身分還在。如是，主子當然不宜叫奴才為舅舅。鳳姐聽了平兒報告方才的一切原故，便笑道：「好！好！好個三姑娘！我說不錯。——只可惜他命薄，沒託生在太太肚裡。」平兒笑道：「奶奶也說糊塗話了。他就不是太太養的，難道誰敢小看他，不和別的一樣看待麼？」鳳姐嘆道：

> 你那裡知道？雖然正出庶出是一樣，但只女孩兒，卻比不得兒子。將來作親時，——如今有一種輕狂人，

> 先要打聽姑娘是正出是庶出，多有為庶出而不要的。殊不知庶出，只要人好，比正出的強百倍呢。將來不知那個沒造化的，為挑正庶誤了事呢！也不知那個有造化的，不挑正庶的得了去。（同上）

探春雖是庶出，且係人所共嫉的趙姨娘之女，但她確實能夠盡到兒孫之責。有次中秋節，賈母在大觀園內凸碧山莊開筵，賈赦、賈政等退後，賈母要聽笛聲，聽到半夜，人都散了，賈母也矇朧雙眼，似有睡去之態，王夫人請賈母安歇，賈母道：「什麼時候？」王夫人笑道：「已交四更。他們姐妹們熬不過，都去睡了。」賈母聽說，細看了一看，果然都散了，只有探春一人在此。賈母笑道：「也罷，你們也熬不慣。況且弱的弱，病的病，去了倒省心。只有三丫頭可憐，尚還等著。你也去罷，我們散了。」（第七十六回）探春孝順老祖母如此，安得不討人喜歡。後來探春遠嫁海疆統制周瓊之子為婦（第九十九回，第一百回），賈府抄家，兼以寶玉顛狂，王夫人心緒極壞，知道探春要回京了，便道：「我本是心痛，看見探丫頭要回來了，心裡略好些，只是不知幾時才到。」（第一百十八回）及至寶玉失掉，「王夫人聽說探春回京，雖不能解寶玉之愁，那個心略放了些。到了明日，果然探春回來」（第一百十九回），可知探春平日也深得王夫人疼愛的。

賈府的奴才

吾國古代社會並不平等，對外戰爭常常有兩種目的，一是掠取土地，二是捕獲生口以為奴。周有五隸：一曰罪隸（鄭玄注「盜賊之家為奴者」，賈公彥疏「此中國之隸，言罪隸，古者身有大罪，身既從戮，男女緣坐，男子入於罪隸，女子入於舂槀」），二曰蠻隸（鄭玄注「征南夷所獲」），三曰閩隸（鄭玄注「閩，南蠻之別」），四曰夷隸（鄭玄注「征東夷所獲」），五曰貉隸（鄭玄注「征東北夷所獲」）（《周禮注疏》卷三十四〈秋官司寇〉，卷三十六〈司隸〉）。五隸所擔任的勞役，《周禮》有詳細記載，茲不具述。總而言之，隸給勞辱之役，而以看守牲畜及各種卑賤之雜役為主。秦漢時代，奴隸更多，或因罪而沒為官奴婢，或因貧而賣為私奴婢。陳勝反時，秦令少府章邯免酈山徒人奴產子，悉發以擊楚軍，盡敗之（《史記》卷四十八〈陳涉世家〉）。此秦有奴隸之證也。漢時，張安世有家僮七百（《漢書》卷五十九〈張安世傳〉），王商的私奴以千數（同上卷八十二〈王商傳〉），史丹的僮奴以百數（同上卷八十三〈史丹傳〉），卓王孫有僮客八百人（同上卷九十一〈貨殖傳〉）。他們如何利用奴隸？除家庭勞動之外，又使其從事生產勞動。例如：「張安世家僮七百人，皆有手技作事，內治產業，累積纖微，是以能殖其貨。」（同上卷五十九〈張安世傳〉）此漢有奴隸之證也。三國分立，干戈雲擾，平民多賣身投靠於強宗豪族，或只從事生產工作，這稱為奴客，或須從軍作戰，是稱為部曲（參閱拙著《中國社會政治史》），唐代初年，每次對外戰爭，常俘虜外國人以為奴隸（參閱拙著上揭書）。「新羅張保皐歸新羅，謁其王曰：遍中國，以新羅人為奴隸，願得鎮清海，使賊不得掠人西去，清海海路之要也」（《新唐書》卷二百二十〈新羅傳〉）。由宋至清，社會上尚有奴隸，但此等奴隸只是家庭奴隸，換言之，他們不從事生產勞動，而只從事家庭工作。《紅樓夢》的諸奴婢均是家庭奴隸。

賈府奴才的來源可分兩種：一是買來的，例如襲人，她對其母兄說：「當日原是你們沒飯吃，就剩了我還值幾兩銀子，若不叫你們賣，沒有個看著老子娘餓死的理。」（第十九回）二是家生的，即古代所謂「奴產子」。襲人對寶玉說：「我又比不得是你這裡的家生子兒，我們一家子都在別處，獨我一個人在這裡，怎麼是個了局呢？」（第十九回）

買來的奴才多屬女性而為丫頭。家生的奴才，男女均有，女的仍是丫頭；男的，少時為小廝，大時，凡有才幹而為主子所賞識的，可管理家事，如寧府的賴二（第七回），榮府的賴大、林之孝等是。他們雖是奴才，然在賈府已經歷事三代，至少亦有兩代，他們是老家人，依吾國禮教，祖先所用的僕人，年輕主子對之須有禮貌（第五十二回，第六十三回），所以老管家的嬤嬤可同賈母鬥牌（第二十回），林之孝可同賈璉促膝閒談家計（第七十二回）。蓋家庭奴隸與生產奴隸不同，家庭奴隸皆住在主人邸宅之內，擔任輕鬆的工作，他們與主人常有接觸的機會，因有接觸，就會發生感情。反之，生產奴隸人數較多，如張安世有家僮七百，他們所生產的貨物，不是供給主人一家之用，而是運到市場，賣給別人，以取得貨幣。因是，主人常不顧奴隸的體力，強迫他們作過勞的工作，並減少奴隸的衣食，使剩餘生產物能夠增加。因為奴隸的工作愈多，則主人所獲得的金錢也愈多，奴隸的衣食愈少，則主人所消費的金錢也愈少。這樣，奴隸便離開主人的家庭，而居住於破爛不堪的小屋之中。主人也因為奴隸人數增加，不能個個接觸，對於奴隸便失掉了親密感情。這是賈府奴才與生產奴隸不同之點。賴大的母親賴嬤嬤，因其孫子賴尚榮做了知縣，李紈問她：「多早晚上任去？」賴嬤嬤嘆道：

> 我那裡管他們！由他們去罷！前兒在家裡給我磕頭，我沒好話，我說：「小子，別說你是官了，橫行霸道的！你今年活了三十歲，雖然是人家的奴才，一落娘胎胞兒，主子的恩典，放你出來，上託著主子的洪福，下託著你老子娘，也是公子哥兒似的，讀書寫字，也是丫頭老婆奶子捧鳳凰似的，長了這麼大，你那裡知道那『奴才』兩字是怎麼寫？只知道享福，也不知你爺爺和你老子受的那苦惱！熬了兩三輩子，好容易掙出你這個東西！從小兒三災八難，花的銀子，照樣也

> 打出你這麼個銀人兒來了。到二十歲上，又蒙主子的恩典許你捐了前程在身上，你看那正根正苗，忍饑挨餓的要多少？你一個奴才秧子，仔細折了福！如今樂了十年，不知怎麼弄神弄鬼，求了主子，又選出來了。縣官雖小，事情卻大；作那一處的官，就是那一方的父母。你不安分守己，盡忠報國，孝敬主子，只怕天也不容你！」（第四十五回）

由賴嬤嬤的話看來，可以推測三事：一是奴才之子可由主人把他解放為平民。賴大的兒子一生出來，賈府即解除其奴才的身分，後來讀了書，捐了官，且做一縣之長。二是賴嬤嬤的丈夫及其子賴大必是榮府奴才，所以她說：「也不知你爺爺和你老子受的那苦惱！熬了兩三輩子，好容易掙出你這個東西！」是則賴大本身就是家生奴，但他的兒子已經解放為民。三是此時賴大尚在榮府管理家務，不知他是否也已解放，如未解放，其子如何寫出三代？或者他已解放，只因榮府收支甚大，有利可圖，故尚管理榮府家務。吾人觀賈母對賴大的母親說：「我知道你們這幾個都是財主，位雖低些，錢卻比他們多。」（第四十三回）何況奴才尚可仗著主子之勢，把「打官司」的事，視為家常便飯呢（第七回）。但是奴才畢竟是奴才。賈政扶了賈母靈柩一路南行，想到盤費算來不敷，不得已寫書一封，差人到賴尚榮（賴大之子）任上借銀五百。那知賴尚榮回信，告了多少苦處，只貸白銀五十兩。賈政看了大怒，即命家人立刻退還，並將原信發回，叫他不必費心。賴尚榮知道事辦錯了，立刻修書到家，叫他父親設法告假，贖出身來（可知賴大尚在榮府為奴），賴尚榮也告病辭官（第一百十八回）。

襲人不是家生奴，而是買來的，襲人的母兄心想「況且原是賣倒的死契」（第十九回），賈母也說：「他又不是偺們家根生土長的奴才。」（第五十四回）這樣，買來的奴才又分兩種：一是賣倒的，二是非賣倒的。賣倒的因為契約是死契，原則上不能贖回，非賣倒的，其契約當是活契，而可贖回。但是賈府對於下人比較寬厚，不問賣倒或非賣倒，往往是「連身價也不要，就開恩叫他們去呢」（第十九回）。在《紅樓夢》許多丫頭之中，不，就在怡紅院之中，孰是家生的，孰是買來的，除襲人及晴雯外，餘皆無法稽考。

但賈府有一種特別規矩，凡是丫頭不得因為丁憂而守孝。賈母因見寶玉出來，只有麝月、秋紋幾個小丫頭隨著，因說：「襲人怎麼不見？」王夫人忙起身笑說道：「他媽前日歿了，因有熱孝，不便前頭來。」賈母點頭，又笑道：「跟主子卻講不起這孝與不孝，要是他還跟我，難道這會子也不在這裡？這些竟成了例了。」（第五十四回）賈母又說：「正好前兒鴛鴦的娘也死了，我想他老子娘都在南邊，我也沒叫他家去守孝。」（第五十四回）這有似古代皇帝對於大臣丁憂有奪情之權。

賈府的奴才尤其丫頭，分有等級，形式上雖然只分大丫頭與小丫頭，實質上，大丫頭之中復分有權與無權。賈母房中，鴛鴦是有權的，賈母的金銀珠寶均由她保管，所以賈璉要竊取賈母的東西典押，必須與鴛鴦商量（第七十二回）。王夫人房中最有權的，最初似是金釧，金釧投井自殺，王夫人於心不安，就提拔金釧之妹玉釧，破例每月給與以月錢二兩（第三十六回）。怡紅院內的襲人也有權力，寶玉房裡小丫頭墜兒偷了平兒的金鐲，此時襲人因母喪回家，晴雯知道了，就要攆墜兒出去。宋嬤嬤說：「雖如此說，也等花姑娘回來，知道了，再打發他。」（第五十二回）宋嬤嬤這話說錯了，在怡紅院之中，敢與襲人作對的只有晴雯一人，宋嬤嬤要用襲人以壓服晴雯，只有促成晴雯決心攆走墜兒，何況墜兒又有竊盜的行為。

丫頭等級的高低不是依其父母的地位，而是依其自己的才貌，例如小紅是林之孝之女（第二十四回，第二十七回）。她一心想向上攀高，初次見到寶玉之時，兩人的對話如次：

> 寶玉便笑問道：「你也是我這屋裡的人麼？」那丫頭笑應道：「是的。」寶玉道：「既是這屋裡的，我怎麼不認得？」那丫頭聽說，便冷笑一聲道：「爺不認得的也多呢，豈止我一個？從來我又不遞茶遞水，拿東拿西，眼前兒的事，一件也做不著，那裡認得呢？」寶玉道：「你為什麼不做那眼面前兒的事呢？」那丫頭道：「這話我也難說。」（第二十四回）

自古以來，英豪之士因受人君左右蒙蔽而不見知於上者，不知有多少。聖明之主因受左右蒙蔽而不能擢用英才者，又不知有多少。孔子說：「在下位，不獲乎上，民不可得而治矣。」此數句孔子在《中庸》中曾兩次提到，可見孔子大有慨於此。然而在下位，要獲乎上，尚須與人主左右聯絡。此蓋有了政治，「黨羽成乎下」，勢所難免。專制時代的黨羽叫做朋黨，民主時代的黨羽叫做政黨。二者不同之點在於政見的有無。政黨必有政見，政黨要實行其政見，必須取得政權，政權能否得到，則取決於民眾的向背。凡事取決於民眾者，不能不服從民意，所以政黨的政見是以民意為基礎。朋黨沒有確定的政見，而只有奪取政權的意欲，縱有政見，而政權能否得到，則取決於天子的愛憎。凡事取決於天子者，不能不獻媚於天子。天子身居九重之內，朝夕所見者不過宮嬪閹宦。宮嬪閹宦可用單言片語，移轉人主之意，所以獻媚於天子者，又不能不諂事宮嬪，勾結閹宦，吾人讀唐明歷史，即可知之。小紅雖然「俏麗甜淨」，且係榮府「世僕」林之孝之女，林之孝現在收管各處田房事務（第二十四回），但小紅未加入襲人或晴雯集團之中， 故 「眼前兒的事， 一件也做不著」。寶玉不識她是怡紅院的人，而竟問她：「你為什麼不做那眼面前兒的事呢？」小紅道：「這話我也難說。」積忿之氣久蓄於心，而發為悲憤之辭。此際秋紋、碧痕來了，見到小紅在寶玉房中，已經詫異，「忙進房看時，並沒別人，只有寶玉，便心中俱不自在」，且冷言冷語說道：「你也拿那鏡子照照，配遞茶遞水不配！」（第二十四回）大丫頭們聯合排斥小紅，這真是「黨羽成乎下」。而「黨羽成乎下」實因「主勢降乎上」，所以寶玉亦不能辭其責。寶玉既見小紅「俏麗甜淨」，且「也就留心」，要「喚他來使用」了，而乃「怕襲人等多心」，竟不敢「指名喚他來使用」（第二十五回）。小紅屈居下位，難怪小丫頭佳蕙為她不平。佳蕙說：

> 這個地方，本也難站。就像昨兒老太太因寶玉病了這些日子，說伏侍的人都辛苦了，如今身上好了，各處還香了願，叫把跟著的人都按著等兒賞他們。我們算年紀小，上不去，我也不抱怨；像你怎麼也不算在裡頭？我心裡就不服。襲人那怕他得十分兒，也不惱他，原該的。說句良心話，誰還能比他呢？……只可氣晴雯、綺霞他們這幾個都算在上等裡去！仗著寶玉疼他們，眾人就都捧著他們，你說可氣不可氣？（第二十六回）

後來鳳姐叫小紅到她那裡工作，襲人「就做了主，打發他去了」（第二十八回），這安知不是襲人受了秋紋、碧痕的包圍，有意打發小紅遠離寶玉？古來人臣之不妬才者為數不多。蕭何薦韓信為大將，可謂不妬才矣，但我們須知蕭何要攀龍附鳳，成就一代功業，必須輔佐劉邦得到天下。當時劉邦勢孤，非有一員善於用兵的大將，欲保漢中，已經不易，更何能定關中，收三河，而使項羽由優勢變為劣勢。而且蕭何與韓信各有專長，蕭何善於治國，韓信善於將兵，兩人的所長並不衝突，則蕭何推薦韓信，實無害蕭何的前程。至其與曹參的關係則不同了。史稱：「始曹參微時與蕭何善，及何為宰相有隙。」然而「何且死，所推薦唯參。參代何為相國，舉事無所變更，壹遵何之約束」，「參曰陛下觀參孰與蕭何賢？上曰君似不及也。參曰陛下言之是也。且高皇帝與蕭何定天下，法令既明具，陛下垂拱，參等守職，遵而勿失，不亦可乎。帝曰善，君休矣」（《漢書》卷三十九〈曹參傳〉）。未達時友善，既達時有隙，這是人情之常。而蕭何病且死，即薦參為相國；參為相國，又遵守蕭何所定的法令，不加變更，這是兩人所以皆成為漢代賢相的理由。若是今人，蕭何必不保薦曹參為相，曹參必不肯蕭規曹隨，而將推翻前任所決定的政策，自己擬了一個新計劃，以表示自己的才力超過前任。萬一這位繼任的人因事離職，接任的人又將攻擊其政策，再擬一個計劃，而表示自己的才力又勝過前任了，哪肯自認才劣於前任？因此國家政策便要隨時變更，而國家基礎也隨之動搖。

人士所希望於政府者，乃是宦途公開，任誰都可依自己的才幹，以取得才幹相等的職位。丫頭所希望於寶玉者，也是昇進公開，任誰都可依自己的才貌，以取得才貌相當的地位。然而襲人等輩合成為小組織，排斥新進，而保持舊人的地位。新進之人既無上昇機會，只有別求出路，即放棄向「寶玉即寶玉也」的寶玉進攻，而改向寶玉的弟姪獻媚，例如王夫人房中的彩霞「淡淡的不大管理」寶玉，「兩眼只向著賈環」(第二十五回)。可惜賈環用情不專，後來又愛上彩雲，送她一包薔薇硝(第六十回)，而彩霞竟給來旺之子討去做媳婦了(第七十二回)。

小紅呢?「他每每要在寶玉面前現弄現弄。只是寶玉身邊一干人都是伶牙利爪的，那裡插得下手去。不想今日才有些消息，又遭秋紋等一場惡語，心內早灰了一半。正沒好氣，忽然聽見老嬤嬤說起賈芸來，不覺心中一動」(第二十四回)。但賈芸與小紅不易見面，「小紅素昔眼空心大，是個頭等刁鑽古怪東西」(第二十七回)，於是又乘機投向鳳姐(第二十七回，第二十八回)。然由鳳姐的性格看來，小紅依附鳳姐，有否前程，實屬疑問。

榮府的清客及女清客劉老老

孔子說：「有朋自遠方來，不亦樂乎。」我想這位朋友必是清客；花少許錢，買了一壺酒，幾件菜，請他吃吃談談，確實是「不亦樂乎」。倘若這位朋友是道學先生，開口天理，閉口人欲，主人聽膩了，而他又是不遠千里而來，主人固不能時時看錶，表示自己有事，將要外出。要是這位朋友是來討債或來借錢，主人袋裡空空如也，則避之惟恐不及，哪有歡迎到「不亦樂乎」的程度。

清客這個名稱不知始自何時。我先翻《辭源》，以為書名既有「源」字，必能略述其起源，沒有。只云：「門客亦稱清客，因多擅藝能，又自託於清高，故為之主人者稱（之）為清客。」我又看《辭海》，也沒有說明源出於哪一部舊書，只解釋說：「世稱門下客為清客，蓋以主人重其清高，羅致門下，故曰清客。然清客每不事事而寄食於人，故世俗用此稱，輒含鄙夷之意。」依我之意，清客是起源於戰國時的食客。孟嘗君有食客數千人（《史記》卷七十五〈孟嘗君列傳〉），即其一例。案「客」之名稱本來是指來賓，而與「主人」為對稱之辭。《禮》云：「主人肅（引導之意）客而入。」（《禮記注疏》卷二〈曲禮上〉）《左傳》襄公二十七年「宋公兼享晉楚之大夫，趙孟為客」。這兩客字都是今日「來賓」之意。戰國時代，客常寄食於封君，是為食客。食客平時多不事事，但主人若有困難，亦會代出奇策，以救主人之厄。降至漢世，客常依附於豪門權貴而為其爪牙，所以光武中興，建武二十八年「詔郡縣捕王侯賓客坐死者數千人」（《後漢書》卷一下〈光武帝紀〉），然而無補於事。桓靈之際，客的地位漸次降低，人士往往以客代奴，「客庸月一千」（見《全後漢文》卷四十六〈崔實政論〉）。由魏晉而至南北朝，士族階級均有投靠的客，客的身分便與奴合為一體，而稱之為奴客。就是「賓客」的意義也和「奴客」一樣，變成主人的奴才。隋唐以後，客隨士族勢力的衰落，漸次恢復其原有的地位，即客就是來賓，而與主人平等。但世上尚有清客這種人士，其地位略似於幕友，但又降幕友一等。幕友亦稱幕賓，據《辭源》解釋，「凡行政官所延文案書記等總稱幕友」。《辭海》則謂「幕友為政軍各官署辦理文書及一切助理人員之通稱」。賈政閒談「姽嫿將軍」林四娘之時，聽者忽稱「眾幕友」，忽稱「眾幕賓」，此外尚有「眾清客」（第七十八回）；賈政外放為江西糧道，幕友們乘便規諫其勿信任李十兒（第九十九回）。現在不談幕友，專談清客。

賈府有多少清客，寧府那邊及賈赦一房，清客是誰，《紅樓夢》未曾說到。我們知道賈赦自己確有清客，元宵夜賈母在大花廳上，請各子姪孫男孫媳等家宴，「知他（賈赦）在此不便，也隨他去了。賈赦到家中，和眾門客賞燈吃酒，笙歌聒耳，錦繡盈眸，其取樂與這裡（大花廳）不同」（第五十三回，此時賈政不在京中）。所謂門客據《辭源》「清客」條，就是清客。《紅樓夢》以寶玉為主角，故對於賈政的清客，曾舉出其姓名，如詹光、單聘仁（第八回）、程日興（第十六回）、胡斯來（第二十六回）等，約有七八人之多。余閱讀《紅樓夢》時，未曾注意及此，故不能一一舉其姓名。賈政為江西糧道，此輩似未隨他上任，可知清客與幕友不同。清客常同賈政說閒話（第九回），而以湊趣取笑為主。鴛鴦說：「天天偺們說，外頭老爺們，吃酒吃飯，都有個湊趣兒的，拿他取笑兒。偺們今兒也得了個女清客了！」（第四十回）所以清客也就是「幫閒」。幫閒似是幫助主人消遣閒暇之意。

清客不過幫助主人消遣餘閒，他們的人格未必清高，對其主人有依阿取媚之狀。寶玉在榮府中，無異一位皇子，清客對此皇子，當然是親近之，迎合之，稱讚之。寶玉有一次要到梨香院去看寶釵，半路遇到清客，《紅樓夢》描寫如次：

> （寶玉）遇見了門下清客相公詹光、單聘仁二人走來。一見了寶玉，便都趕上來，笑著，一個抱著腰，一個拉著手，道：「我的菩薩哥兒！我說做了好夢呢，好容易遇見了你！」說著，請了安，又問好，嘮叨了半日，才走開。（第八回）

大觀園建築成功，賈政令寶玉試題匾額對聯，寶玉每發一言，每題一匾額，每擬一對聯，眾清客或讚道：「是極，妙極」，「才情不凡」（第十七回），或「稱讚不已」，「鬨然叫妙」，或「同聲拍手道好」，或稱「幽雅活動」，其一齊捧場，令人讀後，為之汗顏。

到了賈政命寶玉作「姽嫿詞」之時，寶玉念一句，賈政寫一句。寶玉每念一句，眾清客便稱「古樸老健，極妙」（第七十八回）；或謂「用字用句，皆出神入化」；或竟「拍手笑道，當日敢是寶公也在座，見其嬌且聞其香」；「轉韻更妙，這才流利飄逸，而且這句子也綺靡秀媚得妙」；或又「拍案叫絕」；或「眾人都道，妙極，妙極，佈置，敘事，詞藻，無不盡美」；「鋪敘得委婉」；「念畢，眾人都大讚不止」。

諸清客平日討好主人，而大捧主人之子，及至賈府抄家，此輩到哪裡去了？固然「賈政正在獨自悲切，只見家人稟報，各親友進來看候，賈政一一道謝」（第一百六回），不知各親友之中有否清客。不久，賈政承襲榮國公世職（第一百七回），然此只是一種榮譽，而家道已衰，當然無力再養清客，因之「清客漸漸的都辭去了，只有個程日興還在那裡，時常陪著說說話兒」（第一百十四回）。

男清客自賈府抄家之日（第一百五回）始，到程日興出現之時（第一百十四回）止，不知他們均在何方，《紅樓夢》既無明文交代，我們便無須「大膽假設」，「小心求證」。固然此種考證比之考證《紅樓夢》之為曹雪芹自傳，尤勝一籌。因為前者有關於當時世風士氣，後者不過為曹家爭版權而已。女清客呢？「女清客」這個名稱為鴛鴦所創（第四十回），暗指劉老老而言。劉老老第一次進入榮府，是為求得些銀錢，以救其婿王狗兒之急。見到鳳姐，鳳姐甚為冷淡，笑說：「況且外面看著雖是烈烈轟轟，不知大有大的難處，說與人也未必信。……可巧昨兒太太給我的丫頭們作衣裳的二十兩銀子還沒動呢，你不嫌少，且先拿了去用罷。……天也晚了，不虛留你們了。」劉老老「千恩萬謝，拿了銀錢」，回到鄉下（第六回）。第二次來到榮府，不是來打抽豐，而是送了一袋瓜果野菜，以報昔日接濟之恩（第三十九回）。此次，給賈母知道了，就說：「請了來我見見。」此一見，劉老老運氣來了，鳳姐見賈母喜歡，也「忙留」她，再住兩天。在這數天之內，劉老老裝傻裝獃，哄得賈母歡笑，尤其在賈母於曉翠堂上開宴，劉老老故意說出傻話，使「上上下下都一齊哈哈大笑起來」（第四十回）。及至鴛鴦三宣牙牌令，輪到劉老老對令作詞，雖然合韻，而其粗俗可愛，眾人聽了，不覺鬨堂大笑起來（第四十回），竟令賈母笑道：「今日實在有趣！」（第四十一回）回去之日，又得了一百數十兩的銀子及許多衣料食品（第四十二回）。鳳姐以劉老老取笑，劉老老亦會湊趣，鴛鴦謂之女清客，劉老老確已盡了女清客之職。鴛鴦笑道：「老老別惱，我給你老人家賠個不是兒罷。」劉老老忙笑道：「姑娘說那裡的話？偺們哄著老太太開個心兒，有什麼惱的？……我要惱，也就不說了。」（第四十回）劉老老確是「生來的有些見識，況且年紀老了，世情上又有經歷」（第三十九回）。我寫到此處，不禁想起東方朔來了。東方朔上書武帝，自吹自譽，最後一句竟然說道：「若此，可以為天子大臣矣。」上偉之，令待詔公車，後拜為郎，遷大中大夫給事中。朔在朝常常擾亂朝儀，而以滑稽之語自辯，武帝不但不加之以罪，且常賜以黃金。為什麼呢？天子每日所見的均是公卿，所討論的盡是國家大事，而吾國又無週末之制以休養身心，所以聽到東方朔詼諧之言，不但可以解頤，且亦可以消除一天勤政之苦。朔雖嘲謔，時亦直言切諫，上常用之。公卿在位，朔皆傲弄，不為所屈（《漢書》卷六十五〈東方朔傳〉），所以我謂東方朔乃是第一流的清客。

劉老老第三次進入榮府，是在賈府抄家之後，賈母已死，鳳姐病在床上，除平兒外，無人看護，此時劉老老忽然來了。鳳姐對巧姐道：「你的名字還是他起的，就和乾媽一樣。」（第一百十三回）前此鳳姐曾向饅頭庵主持靜虛說：「從來不信什麼陰司地獄報應的。憑是什麼事，我說要行就行。」（第十五回）多麼勇敢。現在病了，心虛了，日夜見鬼來討命了。王充說：「凡天地之間，有鬼，非人死精神為之也，皆人思念存想之所致也。致之何由，由於疾病。人病則憂懼，憂懼則鬼出」（《論衡》第二十二卷第六十五篇〈訂鬼〉）。鳳姐病了，憂懼了，鬼出來了。她「叫劉老老坐在床前，告訴他心神不寧，如見鬼怪的樣子」。劉老老教其禱告菩薩，鳳姐便在手腕上褪下一隻金鐲子交給她，求劉老老為她禱告。劉老老不肯收，鳳姐「知劉老老一片好心，不好勉強，只得留下，說道：『老老，我的命交給你了！我的巧姐兒也是千災百病的，也交給你了！』」（第一百十三回）家中無人可託，竟託孤於村嫗。劉老老趕快回鄉，向菩薩禱告，然而鳳姐病入膏肓，旋即命歸陰司（第一百十四回）。

鳳姐既死，巧姐失恃，幸有平兒作伴，忠心保護。此時賈政扶了賈母靈柩南行，賈璉因賈赦病重，已赴流配之處（台站）探視。榮府之內除寶玉外，無一正派的男人。而禍起蕭牆，賈環、賈芸、鳳姐胞兄王仁、邢夫人胞弟邢大舅，竟然欲將巧姐賣給藩王為妾。邢夫人受他們欺騙，完全願意；平兒雖然告知王夫人，王夫人亦一籌莫展。在這千鈞一髮之際，劉老老又來了，就由她定下方法，令平兒陪同巧姐偷偷的到她鄉裡一避。而藩王亦知是賈府之女，世代勳戚，娶之為妾，有干例禁，遂解除賈家婚約，並驅逐王仁、賈芸出去，一場風波，就這樣結束。

劉老老過去是清客，而救巧姐一事，則為俠客。賈府已經落敗，藩王的勢力炙手可熱。當劉老老協助巧姐逃難之時，她並不知藩王要解除婚約。老老竟敢毅然主張逃到她的家裡，而不怕藩王求婚不遂，勢將派人偵查巧姐之所匿，萬一探知巧姐是匿在王狗兒家裡，必加老老以拐帶的罪名。劉老老不怕，也不考慮到怕。吾欲以之與朱家郭解相比。劉老老村嫗而已，唯村嫗方能趨人之急，脫人之厄。彼膏粱婦女只知奢靡，惟錢是視，惟權勢是媚，且以貪墨所得的金錢，炫耀於人，甚至以其所私的權貴，誇示於鄰里鄉黨。世道人心腐化至此，干寶所述晉代婦女就是一例。

四、由出嫁到出家，《紅樓夢》的色與空

——看《紅樓夢》家庭改革到官場現象

探春的改革

小廝興兒在尤二姐處批評賈府三位未出嫁的姑娘，關於探春，說道：「三姑娘的混名兒叫『玫瑰花兒』：又紅又香，無人不愛，只是有刺扎手。可惜不是太太養的，『老鴰窩裡出鳳凰！』」（第六十五回）過去女子是嫡出或是庶出，確有很大的區別。因為庶子之母（妾）多出身於低賤之家，缺乏教養。別人因為輕視其母，從而輕視其女。趙姨娘的言語、行動等等，誰看得上眼，而尊敬她？這大大傷了探春的心。

探春說：「我但凡是個男人，可以出得去，我早走了，立出一番事業來，那時自有一番道理，偏我是女孩兒家，一句多話也沒我亂說的。」（第五十五回）其言之不滿現狀，於茲可見。她在榮府中，能夠受人重視，完全由她努力，博得上下稱許。鳳姐因病不能理事，王夫人「將家中瑣碎之事，一應都暫令李紈協理。李紈本是個尚德不尚才的，未免逞縱了下人，王夫人便命探春合同李紈裁處」，「園中人多，又恐失於照管，特請了寶釵來，託他各處小心」（第五十五回）。探春雖生於富貴之家，幼時因為庶出，也許生活不如嫡出那樣舒服，故能深知榮府的積弊；而收入不敷支出，則為榮府最大的危機。

榮府耗財最大的，莫如建築大觀園，賈蓉對烏進孝說：「頭一年省親，連蓋花園子，我算算，那一注花了多少，就知道了。再二年，再省一回親，只怕就精窮了！」（第五十三回）大凡一種建設，建設費雖多，不過一時支出，至其維持費如修繕費、人事費等等，若不從早計算，以之為每年經常費，則建築物雖然堅固而美觀，最後亦必破爛不堪。舉例言之，開鑿一條運河，固然用費巨億，但運河兩岸若不時時修繕，河床若不時時疏濬，則兩岸崩壞或河底沉砂過多，則運河不能行舟，而失去其運輸貨物的作用。又如建築一條鐵路，用費亦多，但鐵軌會損傷，列車會毀壞，所以修繕費及折舊費均須預先估計，作未雨之綢繆。

凡有意改革之人，在改革以前，或先施惠以結人心，或先用刑，使人警惕。施惠須從疏而賤者始，用刑須從親而貴者始。若問惠與刑孰先，我欲依法家之說，刑先。即王安石所說：「古之人欲有所為，未嘗不先之以征誅，而後得其意。」（《王臨川全集》卷三十九〈上仁宗皇帝言事書〉）吾國先哲關於刑賞，討論極其詳盡，若盡舉以供讀者參考，可單獨編為一部巨著。茲只舉宋人之言。蓋宋代以儒立國，政尚忠厚，而如孝宗所說：「國朝以來，過於忠厚，宰相而誤國，大將而敗軍，未嘗誅戮。」（《宋史》卷三百九十六〈史浩傳〉）用忠厚以治國，何能矯萎靡之風，而激發英豪之士敢於作為？所以仁宗時，李覯即說：「彼仁者愛善不愛惡，愛眾不愛寡。不愛惡，恐其害善也。不愛寡，恐其妨眾也。如使愛惡而害善，愛寡而妨眾，則是仁者天下之賊也，安得聖賢之號哉。舜去四凶……仁者固嘗殺矣。世俗之仁則諱刑而忌戮，欲以安全罪人，此釋之慈悲，墨之兼愛，非吾聖人所謂仁也。」（《李直講文集》卷二十一〈本仁〉）英宗時，蘇軾亦說：「昔者聖人制為刑賞，知天下之樂乎賞而畏乎刑也，是故施其所樂者自下而上，民有一介之善，不終朝而賞隨之，是以天下之為善者，足以知其無有不賞也。施其所畏者自上而下，公卿大臣有毫髮之罪，不終朝而罰隨之，是以上之為不善者，亦足以知其無有不罰也……舜誅四凶而天下服，何也？此四族者天下之大族也。夫惟聖人為能擊天下之大族，以服小民之心，故其刑罰至於措而不用。周之衰也，商鞅韓非峻刑酷法，以督責天下。然其所以為得者，用法始於貴戚大臣，而後及於疏賤，故能以其國霸。由此觀之，商鞅韓非之刑法非舜之刑，而所以用刑者舜之術也。」（《東坡七集．應詔集》卷二〈策別第六〉）李覯之言乃出於孔子「唯仁人為能愛人，能惡人」（《禮記注疏》卷六十〈大學〉），蘇軾之言則出於《六韜》「殺貴大，賞貴小……刑上極，賞下通」（《六韜．龍韜．將威第二十二》），此皆為政者所宜注意的道理。

恰好這個時候發生了趙姨娘兄弟趙國基死亡之事，這不但考驗探春辦事能力，且考驗探春辦事是否公平。所以當吳新登媳婦前來報告，許多人都來打聽消息。

> 彼時來回話者不少，都打聽他二人（探春及李紈）辦事如何。若辦得妥當，大家則安個畏懼之心，若少有

> 嫌隙不當之處，不但不畏服，一出二門，還說出許多笑話來取笑。(第五十五回)

哪知探春確實利害，反請吳新登媳婦舉出兩個例子，來作參考。吳新登媳婦先則說：「賞多賞少，誰還敢爭不成？」次又說：「我查舊帳去，此時卻記不得。」探春笑道：「你辦事辦老了的還不記得，倒來難我們？你素日回你二奶奶也現查去?若有這道理，鳳姐姐還不算利害，也就算是寬厚了。」話中有話，利害，利害。探春看了舊帳，便對李紈說：「給他二十兩銀子。」(第五十五回) 此一決定雖然引起趙姨娘的吵鬧，而眾人無不心服口服。

一事方了，另一事又來。有一位媳婦來領賈環、賈蘭一年學裡吃點心或買紙筆的費用，每人各八兩銀子。賈環是探春的同母兄弟，賈蘭是李紈的獨生兒子。此事辦得不妥，又涉及徇私之嫌。政治上最會引起人們注意及反感的，莫如秉權的人之徇私。凡人與我親密的，特別優待，與我疏遠的，等閒視之，此皆可以引起旁觀者不平之心。哪知探春認為學裡兩人的點心費及紙筆費已在每人月錢之內，此一年八兩開銷可以取消。就錢的方面說，固然是區區之數，但由節省公帑方面觀之，其應取消，則很明瞭。

平兒對秋紋說：「正要找幾處利害事與有體面的人來開例，作法子鎮壓，與眾人作榜樣呢。」(第五十五回) 這幾句話有兩層意義，一是改革須關係大利害的事，二是先從體面的人下手。前者是謂一切改革應從大處著手，枝枝節節的小問題，無須浪費精力。大處能夠解決，小處自可迎刃而解。

在一個國家或在一個家庭，必有一個核心問題，凡事不由核心問題著手，只知東做做一點，西做做一點，今天出了一個新花樣，明天再出個新花樣，不但勞而無功，而且注意力必至分散。後者即「殺貴大」之意，上文已有說明，玆不再贅。鳳姐亦知此中道理，她告訴平兒說：「俗語說『擒賊必先擒王』，他如今要作法開端，一定是先拿我開端。倘或他要駁我的事，你可別分辯，你只越恭敬越說駁的是才好。千萬別想著怕我沒臉，和他一強就不好了。」（第五十五回）

權威既已樹立，探春就開始興利並除宿弊。固然改革只限於大觀園之內，然此非探春之過，蓋大觀園之外有人管理，如賈璉、賴大、林之孝等是，而且涉及賈母、賈赦、賈政諸人。大觀園自昔就成為另一個世界，探春行使權力只限於大觀園之內，故其改革亦限於大觀園之內。然而大觀園乃是榮府的一部，整個榮府腐化到無法改革，只改革區區的大觀園，並沒有用處。而且大的宿弊每可助長小的宿弊，改革小的宿弊，絕不會使大的宿弊因之消滅。

計探春在大觀園內所作的改革，只有兩件事，一是節用，姑娘們已有二兩銀子的月錢，丫頭們又另有月錢，則頭油脂粉何必另外再有二兩銀子。何況此二兩銀子的頭油脂粉是由買辦經手去買，往往買的不是正經貨，使不得，所以探春把這一筆開支取消了（第五十六回）。二是興利，把大觀園內花卉樹木交給忠實的老婆子管理，凡姑娘丫頭的頭油脂粉香紙以及各處笤箒、簸箕、撣子，並大小禽鳥鹿兔吃的糧食，「都由他們包了去，不用向帳房領錢」，即以大觀園花卉樹木的收入，充為購買這些物品之用。據平兒計算，一年可省下四百多兩銀子（第五十六回）。但管地的既然有利可得，勢必引起別人的嫉妬，妬心一生，免不了作殘花卉，所以管地的人應拿出若干錢來，給與那些不管地的人。不管地的人「聽了每年終無故得錢，更都歡喜起來」（第五十六回）。

以上是探春在代理期間所作的改革，後來如何，《紅樓夢》既未之言，吾人更不必瞎猜。但我要告知讀者的，國家財政愈棼亂，管理財政的人愈容易營私舞弊，吾人讀中國歷史，即可知之。故凡只知私人利益，並為私人利益打算，他們所怕的是國家財務行政納上軌道。看吧！每朝代財政支絀之時，不是管理度支的人愈富裕、愈奢靡麼？

宋代官冗兵多，就如賈府一樣，佣人（如賴大、林之孝等）多，小廝多，丫頭更多，卒致收支不能平衡，年年有赤字預算。神宗以為「政事之先，理財為急」（《宋史》卷一百八十六〈食貨志下八．均輸〉）。「王安石為政，汲汲焉以財政（兵革）為先」（同上〈市易〉）。但理財須有理財之法，理之不得其法，只是聚斂而已。葉適說：「理財與聚斂異，今之言理財者聚斂而已矣。」（《水心集》卷四〈財計上〉）吾贊成蘇轍的意見。他說：「方今之計莫如豐財，然臣所謂豐財者，非求財而益之也，去事之所以害財者而已。夫使事之害財者未去，雖求財而益之，財愈不足。使事之害財者盡去，雖不求豐財，而求財之不豐，亦不可得也……事之害財者三，一曰冗吏，二曰冗兵，三曰冗費……三冗既去，天下之財得以日生而無害，百姓充足，府庫盈溢，陛下所為而無不成，所欲而無不如意矣。」（《欒城集》卷二十一〈上皇帝書〉）明代丘濬曾批評云：「三害之中，冗費之害尤大，必不得已而去之，吏兵無全去之理。惟費之冗者，則可權其緩急輕重而去之焉。凡所謂冗者，有與無皆可之謂也。事之至於可以有，可以無，吾寧無之而不有焉，則不至害吾財矣。」（《大學衍義補》卷二十一〈論理財之道下〉）榮府的奢靡均屬於冗費，探春的改革，不過去其冗費而已。

《紅樓夢》記事不忘吃飯

任何小說尤其今人所寫的武俠小說而登在報紙之上的，往往是兩俠鬥劍或兩俠舌戰，經過了一星期，又經過了十餘天，還在那處，劍來劍去，或我一句，你一句，辯論不已。我看到這裡，常常不再看下去。經過一個多月，總以為應該變更了新花樣吧，又把該報取來一看，哈哈，鬥劍或舌戰還在原處進行，實在令人不能忍受。這就是我不看某一位作家所寫武俠小說的原因。

我很懷疑此一批俠客大約遇到了黃石公，教以辟穀之法，否則不會比劍或比舌，比了二個多月，還是口不乾而肚子不餓。吾國的俠客單單不食不飲，就比藍眼睛、高鼻子的俠客高明。

我看了《紅樓夢》，總覺得曹雪芹不忘吃飯。讀者不信吾言，試翻翻《紅樓夢》，就可發現數回之中，至少必有一次提到吃飯。縱是吃便飯也寫得很詳細，如黛玉初入榮國府，在賈母房中吃飯，哪一人捧杯，哪一人安箸，哪一人進羹，陪食的是誰，誰坐在哪一方哪一位，都寫得清清楚楚（第三回），就是其例。或寫得很簡單，單單提了一句，如賈珍之妻尤氏請賈母等於早飯後，到寧府參加家宴，飲酒看花，其一例也。在後者，簡單之中，又提到兩次吃飯，一是請賈母等「於早飯後」過來，在會芳園遊玩。二是此次不過是寧榮二府「眷屬家宴」，並無別樣新文趣事可記（第五回）。

人類除神仙外，不能一日不食，所以寫長篇小說，不要寫得高興，如黃河之水天上來，不休不息，滾滾下去，奔流到海不復回，而竟忘記了吃飯之事。孔子至聖也，他深知人情，絕不學宋代道學家那樣，把食色看做卑鄙惡濁之事，而不肯出之於口，反而大膽的說道：「飲食男女，人之大欲存焉。」（《禮記注疏》卷二十二〈禮運〉）關於飲食，孔子云：「夫禮之初始諸飲食。」（同上卷二十一〈禮運〉）關於男女，孔子亦說：「君子之道，造端乎夫婦。」（同上卷五十二〈中庸〉）聖人之重視食色也如此。告子說：「食色，性也。」（《孟子注疏》卷十一上〈告子上〉）余今學子貢的話：「必不得已而去，於斯二者何先？」曰：「去色。」飢寒交迫，何暇談到「色」字？然而色亦甚重要，不過比之於食，要差些許而已。所以孟子說王道，先則曰「百畝之田，勿奪其時，數口之家，可以無飢矣」（同上卷一上〈梁惠王上〉），次才曰「內無怨女，外無曠夫」（同上卷二上〈梁惠王下〉），即王道是從飲食男女方面著手。古代「令男三十而娶，女二十而嫁」，但「中春之月，令會男女，於是時也，奔者不禁」。賈公彥疏「此月既是娶女之月，若有父母不娶不嫁之者，自相奔就，亦不禁之」（《周禮注疏》卷十四〈媒氏〉）。蓋人類皆有性慾，《詩》

云：「窈窕淑女，君子好逑……求之不得，寤寐思服，悠哉悠哉，輾轉反側。」（《詩經注疏》卷一〈國風．關雎〉）這只是一首情歌，何必硬說：「關雎樂得淑女以配君子，愛在進賢，不淫其色，哀窈窕，思賢才，而無傷善之心焉。」（同上毛亨傳）這真是容易了解的，愈注愈不易了解。

男女問題，即「色」的問題，說到這裡為止。關於飲食問題似有補充說明的必要，先哲論政，必不忘民之衣食。孔子說：「政之急者莫大乎使民富。」（《孔子家語》第十三篇〈賢君〉）又說：「民之所以生者衣食也……民匱其生，饑寒切於身，不為非者寡矣。」（《孔叢子》第四篇〈刑論〉）「孔子厄於陳蔡，從者七日不食，子貢得米一石，顏回仲由炊之於坯屋之下，有埃墨墜飯中，顏回取而食之，子貢自井望見之，不悅，以為竊食也」（《孔子家語》第二十篇〈在厄〉）。以子貢之智，顏回之賢，而當饑餓之時，子貢尚疑顏回之竊食，由此可知人類所視為最重要的，還是衣食。所以孔子為政，必以富民為先。「子適衛，冉有僕，子曰：『庶矣哉。』冉有曰：『既庶矣，又何加焉？』曰：『富之。』『既富矣，又何加焉？』曰：『教之。』」（《論語．子路》）即「富之」乃在「教之」之先。管仲說：「倉廩實，則知禮節；衣食足，則知榮辱。」（《管子》第一篇〈牧民〉）多數人民飢寒交迫，而乃教之以仁義，勉之以道德，縱令孔子復生，說得口破脣乾，我想人民亦將一笑走開，不願再聽下去。李卓吾說：「饑定思食，渴定思飲，夫天下曷嘗有不思飲食之人哉。」（《李氏焚書》卷二〈答劉方伯書〉）李氏又說：「穿衣吃飯即是人倫物理，除卻穿衣吃飯，無倫物矣。世間種種皆衣與飯類耳。故

舉衣與飯，而世間種種自然在其中，非衣食之外，更有所謂種種與百姓不相關者也。」(同上卷一〈答鄧石陽〉)

孔子為政，必以富民為先，既欲富民，則不可不言利，只因孔子有言：「君子喻於義，小人喻於利。」(《論語·里仁》) 董仲舒又加以闡釋，他說：「天之生人也，使之生義與利，利以養其體，義以養其心。心不得義，不得樂；體不得利，不得安。義者心之養也，利者體之養也。體莫貴於心，故養莫重於義。義之養生人，大於利矣。」(《春秋繁露》第三十一篇〈身之養重於義〉) 自此以後義利之爭充斥乎學者著作之中。到了宋代，道學家雖然板起臉孔，重義而不言利，然而尚有李覯者，他說：「利可言乎？曰人非利不生，曷為不可言……孟子謂何必曰利，激也，焉有仁義而不利者乎。」(《李直講文集》卷二十九〈原文〉) 又有蘇洵者，他固以為「利之所在，天下趨之」(《嘉祐集》卷九〈上皇帝書〉)，所以主張徒義必不能以動人，他說：「武王以天命誅獨夫紂，揭大義而行，夫何恤天下之人，而其發粟散財何如此之汲汲也。意者，雖武王亦不能以徒義加天下也……君子之恥言利，亦恥言夫徒利而已……故君子欲行之（義），必即於利；即於利，則其為力也易；戾於利，則其為力也艱。利在則義存，利亡則義喪……必也天下無小人，而後吾之徒義始行矣。嗚呼難哉。」(同上卷八〈利者義之和論〉)

由《紅樓夢》書中不忘吃飯，而竟談到「義與利」，讀者必將認為文不對題。其實，吃飯是利之起點，又是利之重點。世人日夜勤勞，勞苦其筋骨，胼胝其手足，為的什麼呢？吃飯而已，穿衣而已。吃飯穿衣不能解決，歲暖而妻呼寒，年豐而兒啼飢，則忿怒之氣將勃發而為叛變。西漢之赤眉，東漢之黃巾，晉之流民，隋之群盜，唐之黃巢，宋之方臘，元之劉福通，明之李自成、張獻忠，哪一次不是因為吃飯問題，弄到中原蕭條，千里無煙？那些坐在象牙塔裡，手執玉柄麈尾，高談闊論，研究老莊思想，均是漢魏華胄，而屬於大地主階級。他們吃飯問題已經解決，故有餘閒光陰，作此清談。至於一般細民，勞苦終日，欲求一飽而不可得，何暇談到玄理？

空話太多，言歸正題，賈府吃飯到底是依哪一處風俗，我未曾研究，且不欲研究。依《紅樓夢》所載，寧榮兩府本已分家，既已分家，當然是各爨的。榮府有赦、政兩房，雖未分家，亦已各爨，但其各爨並不是賈赦一房在一處吃飯，賈政一房在一處吃飯，而是賈赦與邢夫人兩人，賈政與王夫人兩人各在各的房裡吃飯。古者，男子往往弱冠而婚，翁媳的年齡相差無幾，為預防帷薄不修之故，翁媳多不同桌而食，例如「賈珍進來吃飯，賈蓉之妻（胡氏）迴避了」（第五十三回）。這不是因為古代男女之防嚴於今日，反而是古代男女之亂甚於今日，吾人讀過《左傳》，就可知道子烝其庶母者有之，父納其子媳為妾者亦有之。社會愈淫亂，禮禁愈嚴格，所以禮禁的嚴格不能證明風俗之善良，反而只可證明風俗的邪僻。

我屢次提到黛玉初進榮國府，在賈母房裡吃飯。此時在賈母房裡吃飯的，除賈母及黛玉外，只有迎春姊妹三人。賈母等吃完了飯，王夫人方引李紈、鳳姐退下，各在各的房裡用飯。鳳姐為賈璉之妻，賈赦的媳，並不與賈赦、邢夫人同桌而食。鳳姐為王夫人的內姪女，亦不在王夫人處吃飯。所以榮府雖然不曾分家，而已各爨分食，此種分食之制是否依吾國古代禮法，《禮》云:「姑姊妹、女子子、已嫁而反，兄弟弗與同席而坐，弗與同器而食。」(《禮記注疏》卷二〈曲禮上〉) 而況翁媳。何以知賈府有此法禁，賈蓉之妻胡氏迴避賈珍，已述於上。就以鳳姐言之，當賈璉同黛玉往揚州辦理林如海喪事，回京之日，「鳳姐命擺上酒饌來，夫妻對坐。鳳姐雖善飲，卻不敢任興，只陪侍著。……正說著，王夫人又打發人來瞧鳳姐吃完了飯不曾。鳳姐便知有事等他，趕忙的吃了飯，漱口要走」(第十六回)，「賈璉正同鳳姐吃飯，一聞呼喚 (賈政喚賈璉商量小和尚小道士之事)，放下飯便走」(第二十三回)。此兩者都可以證明平時鳳姐是和賈璉同在房裡吃飯。至於平兒，則有其四樣分例菜，有時鳳姐高興，許其同桌而食，然平兒還要「屈一膝於炕沿之上，半身猶立於炕下，陪著鳳姐兒吃了飯，伏侍漱口」，而後方能走開 (第五十五回)。

以上只就平素吃便飯言之，至於家有宴會，他們坐法也與今人不同，不用八仙桌，八人一席，不用圓桌，十人一席，而乃隨時變更。例如第二十二回，「上面賈母、賈政、寶玉一席。王夫人、寶釵、黛玉、湘雲又一席，迎春、探春、惜春三人又一席，俱在下面。……李宮裁、王熙鳳在裡間，又一席」(此時賈環明明在座，賈政還遣他與兩個婆子將賈蘭喚來，賈母命賈蘭在身邊坐了，不知賈環與何人同席)；第三十五回，「鳳姐放下四雙筯，上面兩雙是賈母、薛姨媽，兩邊是寶釵、湘雲的」(此時迎春及黛玉均因身體不舒服，不來吃飯，只有探春、惜春來了，不知探春、惜春坐在哪裡，我想大約是寶釵、湘雲坐一邊，探春、惜春又坐一邊，故云「兩邊」)；第三十八回，「鳳姐忙安放杯筯。上面一桌：賈母、薛姨媽、寶釵、黛玉、寶玉。東邊一桌：湘雲、王夫人、迎、探、惜。西邊靠門一小桌，李紈和鳳姐虛設坐位，二人皆不敢坐，只在賈母、王夫人兩桌上伺候」；第四十回，「賈母帶著寶玉、湘雲、黛玉、寶釵一桌。王夫人帶著迎春姐妹三人一桌。劉老老挨著賈母一桌」；第四十回，「上面二榻四几是賈母、薛姨媽，下面一椅兩几是王夫人的，餘者都是一椅一几。東邊劉老老，劉老老之下便是王夫人。西邊便是湘雲，第二便是寶釵，第三便是黛玉，第四迎春、探春、惜春挨次排下去，寶玉在末。李紈、鳳姐二人之几，設於三層檻內，二層紗櫥之外」。以上只是臨時便餐或遊宴，其正式宴會，如第五十三回所記，「賈母花廳上擺了十來席酒，每席旁邊設一几。……上面兩席是李嬸娘、薛姨媽坐；東邊單設一席，乃是短榻，靠背、引枕、皮褥俱全。榻上設一個輕巧小几，……賈母歪在榻上，……在旁邊一席，命寶琴、湘雲、黛玉、寶玉四人坐著……只算他四人跟著賈母坐。下面方是邢夫人王夫人之位；下邊便是尤氏、李紈、鳳姐、賈蓉的媳婦（胡氏)；西邊便是寶釵、李紋、李綺、岫烟、迎春姐妹等。……廊上幾席就是賈珍、賈璉、賈環、賈琮、賈蓉、賈芹、賈芸、賈菖、賈菱等」。第七十五回，「凡桌椅形式皆是圓的，特取團圓之意。上面居中，賈母坐下，左邊賈赦、賈珍、賈璉、賈蓉，右邊賈政、寶玉、賈環、賈蘭，團團圍坐，只坐了半桌，下面還有半桌餘空」。奇怪，賈母居中，左邊四人，右邊四人，共計九人，何以說「只坐了半桌」。賈母笑道：「往常倒還不覺人少，今日看來，究竟偺們的人也甚少，算不得什麼。……如今叫女孩兒們來坐那邊罷。」於是令人向圍屏後邢夫人等席上，將迎春、探春、惜春三個叫過來。賈璉、寶玉等一齊出坐，先儘他姊妹坐了，然後在下依次坐定。由上舉文字看來，賈府宴會如何坐法，實難作一結論，或三人一席，最多不過五六人，或僅一人占一几，千變萬化，毫無一定規則，而與今人宴會之坐法絕不相同。喜歡考證之人何不依《紅樓夢》所描寫的便飯時及宴會時的坐法，以證明曹雪芹確是漢軍旗人的曹霑。

吾曾寫過一篇文章（適忘文章的題名，亦忘記發表在哪一個雜誌），說明中國的賭博（比賽）及吃飯。中國的賭博及各種比賽，都是單刀匹馬，或以一對三（如馬將），或以一對一（如比拳術）。賭博若同外國橋牌一樣，兩人暗通消息，則為舞弊。比賽絕沒有和外國之足球、籃球、棒球一樣，若干人合為一組，與對方競爭。倘若有人要暗中助我一臂之力，則必加以警告：「你承認我是你的朋友麼？承認，請你作壁上觀，不要助我。你若助我，不要怪我不知好歹，我將以你為敵人。」這種話在武俠小說中，讀者必已看到多次，所以我說：賭博或比賽在吾國，可以培養個人獨立作戰的勇氣，然而因此卻喪失了多數人合作的精神。一位中國人與一位外國人比較，孰優孰劣，誰都不能決定，也許中國人還勝過外國人。但一組中國人與一組外國人比較，則中國人常處於敗北的地位。為什麼呢？自幼缺乏共同作戰的訓練。

至於中國吃飯尤其多數人宴會之時，其坐法又與外國的坐法不同，外國的桌子常排作□形，左右對面都可以看到，只要相離不遠，亦可以交談。反之中國的宴會或用圓桌，或用八仙桌。入席之時，往往是熟識的人自動的聯合起來，共坐一桌，別桌的人也是一樣。因此此桌與彼桌雖然均是主人的來賓，而來賓彼此之間，除同桌之人之外，絲毫不相聞問。所以我謂中國宴會的坐法可以養成中國人喜歡組成小組織的習慣。此種習慣若不消除，則捨小異而採大同的全國團結，亦難做到。

《紅樓夢》所描寫的官場現象

奇怪得很，吾國小說關於官場現象，均不寫光明方面，而只寫黑暗方面。小說乃社會意識的表現，社會意識對於官僚若有好的印象，絕不會單寫黑暗方面；單寫黑暗方面，可見古代官場的骯髒。賈蓉說過：「從古至今，連漢朝和唐朝，人還說『髒唐臭漢』，何況偺們這宗人家！」（第六十三回）吾國郅治之世，漢唐為盛，漢稱文景，唐稱貞觀、開元，自唐以後，寂焉無聞。何以有此現象？蓋國人出仕，為發展才幹，揚名於後世，以顯父母者寡；為取得祿俸，以養父母，使父母能夠過其優異的生活者多。仕之目的如此，而官之祿俸又甚菲薄，若不枉法而受財，將暮夜所得一部分，上獻權貴，不但官位不保，甚至身家也有危險。

《紅樓夢》曾詳述兩人出仕的情形，一是賈雨村（第四回），一是賈政（第九十九回）。今以此兩人的資料為主，並旁引其他各回，說明當時官場惡習。前者描寫幹練之官不能不向豪門低首，後者描寫清廉之官不能不受吏胥挾制。現在先把豪門及吏胥作廣泛的敘述，而後再進一步，對於官場習氣，舉出《紅樓夢》所述的例子，加以說明。

先就豪門說，豪門之在吾國，始於何時，本書不擬考證（大約始於戰國時代的封君），而單以漢代為例言之。漢初，雖為強幹弱枝之故，徙郡國豪強以實園陵，然而強宗大族的勢力並不少衰。吾人觀部刺史以詔書六條問事，其中一條乃察「強宗豪右，田宅踰制，以強凌弱，以眾暴寡」。另一條又察「二千石阿附豪強，通行貨賂，割損政令」（《漢書》卷十九上〈百官公卿表〉注引〈漢官典職儀〉），即可知之。然此壓制又未必就有效果。宣帝時代，涿郡「大姓西高氏東高氏，自郡吏以下皆畏避之，莫敢與牾，咸曰寧負二千石，無負豪大家」（同上卷九十〈嚴延年傳〉）。元帝時代，潁川「郡大姓原褚（師古注「原褚二姓也」）宗族橫恣，賓客犯為盜賊，前二千石莫能禽制」（同上卷七十六〈趙廣漢傳〉）。此不過略舉兩例為證。此種豪強只是地方土豪，與膏粱世家不同。其力雖足以欺陵細民，而尚不足以抗拒官府，所以嚴延年一到涿郡，趙廣漢一到潁川，他們就不敢干犯法紀。降至東漢，豪宗大族愈益橫行。馬援為隴西太守，「任吏以職，但總大體而已……諸曹時白外事，援輒曰此丞掾事，何足相煩……若大姓侵小民，黠羌欲旅距（聚眾相抗拒），此乃太守事耳」（《後漢書》卷五十五〈馬援傳〉）。由此可知漢世郡守固以壓制豪強為其主要職事之一，然而我們須知郡守對於貴戚還是莫如之何。光武南陽人，「前後二千石逼懼帝鄉貴戚，多不稱職」（同上卷五十八〈王暢傳〉）。末年，豪強兼併，土地大見集中，而勳臣外戚金紹相繼，政治上漸發生了世官之制，而形成為魏晉南北朝的士族。士族皆漢魏華胄而為豪門之大者，其小的則為地方土豪。士族至五代完全消滅，土豪到了清末，還有勢力。

次就吏胥說，吏胥萌芽於魏晉南北朝的士族政治之中，而以典籤為其胚子。秦漢之世，官與吏未曾區別，隋唐以後，官與吏別為二途。由儒而進者為官，由吏出身者不參官品。此種區別至宋彌甚，蓋宋代用人太過講求資格，而行政又受許多法與例的拘束，法既繁了，例更繁雜。葉適說「國家以法為本，以例為要，其官雖貴也，其人雖賢也，然而非法無決也，非例無行也。驟而問之，不若吏之素也，蹔而居之，不若吏之久也。知其一不知其二，不若吏之悉也。故不得不舉而歸之吏」(《水心集》卷一〈上孝宗皇帝劄子〉)。吏每依例舞弊，「所欲與，則陳與例；欲奪，則陳奪例，與奪在其牙頰」(《宋史》卷三百七十八〈劉一止傳〉)。葉適又說：「自崇寧極於宣和，士大夫之職業，雖皮膚蹇淺者亦不復修治，而專從事於奔走進取。其簿書期會一切惟吏胥之聽，而吏人根固窟穴，權勢熏炙……故今世號為公人世界，又以為官無封建，而吏有封建者，皆指實而言也。」(《水心集》卷三〈吏胥〉) 此言並非過甚其辭。賈政為糧道，糧房書辦告知管門李十兒：「我在這衙門內已經三代了。」(第九十九回) 此非「吏有封建」而何？其實，儒與吏乃如馬端臨所說：「今按西都（西漢）公卿大夫或出於文學，或出於吏道……未嘗偏有輕重……後世儒與吏判為二途，儒自許以雅而詆吏為俗，於是以剸繁治劇者為不足以語道。吏自許以通而誚儒為迂，於是以通經博古者為不足以適時。而上之人又不能立兼收並蓄之法，過有抑揚輕重之意。於是拘謭不通者一歸之儒，放蕩無恥者一歸之吏，而二途皆不足以得人矣。」(《文獻通考》卷三十五〈選舉考〉)

豪門及吏胥已經說明清楚了。吾人觀賈雨村及賈政之事，可以猜知當時官場習氣；分析之，可分類如次。唯在說明之時，並隨處引用《紅樓夢》上有關事件以為證。

一是地方官不可得罪巨室。所謂巨室，即一個家族如果有人出為顯宦，其兄弟子姪在本省則為鄉紳，而不肖的且由鄉紳變為土豪。賈雨村由姑蘇縣令，因貪酷免職，後起復委用，而為應天知府，接任伊始，便遇到薛蟠殺人命案。雨村本不願因公枉法，但聽了門子之言，不覺躊躇起來。

> 門子道：「老爺榮任到此，難道就沒抄一張本省的『護官符』來不成？」雨村忙問：「何為『護官符』？」門子道：「如今凡作地方官者，皆有一個私單，上面寫的是本省最有權勢極富貴的大鄉紳名姓，各省皆然。倘若不知，一時觸犯了這樣的人家，不但官爵，只怕連性命也難保呢。——所以叫做『護官符』。」(第四回)

門子一面說，一面取出一張抄的護官符，上面皆是本地大族名宦之家的俗諺口碑。所謂大族名宦之家就是賈史王薛。

> 門子道：「這四家皆連絡有親，一損俱損，一榮俱榮。扶持遮飾，皆有照應的。今告打死人之辞，……也不單靠這三家，他的世交親友在都在外者本亦不少。老

> 爺如今拿誰去？……小的聞得老爺補陞此任係賈府王府之力。此薛蟠即賈府之親，老爺何不『順水行舟』，做個人情，將此案了結？日後也好去見賈、王二公。」雨村道：「事關人命，……豈可因私枉法？」門子聽了冷笑道：「老爺說的何嘗不是；但如今世上是行不去的！豈不聞古人有言，『大丈夫相時而動』；又曰『趨吉避凶者為君子』。依老爺這麼說話，不但不能報效朝廷，亦且自身不保。還要三思為妥。」（第四回）

結果，雨村接受門子的忠告，便「徇情枉法，胡亂判斷了此案」。並「疾忙修書二封與賈政並京營節度使王子騰」，告以「令甥之事已完，不必過慮」（第四回）。

二是巨室尤其土豪必須仰仗官府之力，而後在其本鄉，才得為所欲為。賈、史、王、薛四家雖非土豪，而卻是地方上極有權勢的門閥。尤其賈、薛二家，簡直可斥之為土豪劣紳。薛蟠之任意殺人固無論矣。賈赦欲娶鴛鴦為妾，對她哥哥金文翔說：「憑他嫁到了誰家，也難出我的手心！除非他死了，或是終身不嫁男人，我就服了他！要不然時，叫他趁早回心轉意。」（第四十六回）這種話豈是紳士所說，完全是惡霸的口吻。賈赦又假手應天府尹賈雨村，強奪石獃子的扇子，「弄得人家傾家敗產」（第四十八回）。寧府賈珍竟於丁憂之時，開賭場，「引誘世家子弟賭博」，後竟成為抄家的原因之一（第七十五回，第一百五回）。此非有恃無懼，安敢如此？案官府願為豪門走狗，不是要從中漁利，而是要討好權貴，藉以保全自己的官位，吾人觀門子對賈雨村說，老爺不肯因私枉法，「不但不能報效朝廷，亦且自身不保」，即可知之。鳳姐為了三千兩銀子，令來旺去託長安節度使雲光設法破壞張家的女兒與長安守備的公子的婚約（第十五回）。那老尼靜虛說：「我想如今長安節度雲老爺與府上相好。」（第十五回）果然所料不錯，「那節度使名喚雲光，久懸賈府之情，這些小事，豈有不允之理」。然而因此，竟然害了痴情男女雙雙自殺（第十五回，第十六回）。

三是官僚多係翻雲覆雨的人。他們不識友誼為何物，而只有利害關係。當你有權有勢之時，他們雖然鞠躬如也拍馬，一旦你失去權勢，他又眼睛朝天，侃侃如也訓你一場。訓猶可也，最可怕的是落井添石，再加以重重的打擊。賈雨村依賈府之力，由革職之知縣（第二回），起復為應天府尹（第三回），步步高陞（第五十三回，第九十二回）。當賈府尚未落敗以前，雨村在京之時，常往來寧榮兩府，以表示同宗之誼。到了賈府被參，他倒狠狠的踢了一腳。據街上行人說：

> 那個賈大人（雨村）更了不得！我常見他在兩府來往，前兒御史雖參了（參寧榮兩府罪狀），主子還叫府尹（雨村，他已陞為刑部尚書，為著一件事，降了三級，見第九十二回）查明實跡再辦。你道他怎麼樣？他本沾過兩府的好處，怕人說他迴護一家兒，他倒狠狠的踢了一腳，所以兩府裡才到底抄了。你道如今的世情還了得麼！（第一百七回）

兩府既已抄家，薛蝌告訴賈政，說道：「可恨那些貴本家都在路上說：『祖宗撂下的功業，弄出事來了，不知道飛到那個頭上去呢？大家也好施為施為。』」（第一百五回）賈家宗族如此，其他親戚朋友如何呢？他們聽到皇上旨意，將榮國公世職著賈政承襲，「那些趨炎奉勢的親戚朋友，先前賈宅有事，都遠避不來；今兒賈政襲職，知聖眷尚好，大家都來賀喜」（第一百七回）。王符說得好：「富貴則人爭附之，此勢之常趣也；貧賤則人爭去之，此理之固然也……俗人之相於（相親相疏之意）也，有利生親，積親生愛，積愛生長，積長生賢，情苟賢之，則不自覺心之親之，口之譽之也。無利生疎，積疎生憎，積憎生非，積非生惡，情苟惡之，則不自覺心之外之，口之毀之也。是故富貴雖新，其勢日親。貧賤雖舊，其勢日疎，此處子（即處士）所以不能與官人競也。」（《潛夫論》第三十篇〈交際〉）人情不過如此，官場尤甚。其能於人困阨之際，不斷的訪問慰勞，或於人受了群小圍攻，而能奮然而起，拔劍相助，而又無求於人，其在今日，說他不是君子，吾不之信。

以上是以賈雨村為主幹，說明豪門權貴的勢力可令官人助其為虐。以下再以賈政為主幹，說明吏胥如何脅制官人，使其不能不聽其播弄。

㈠賈政為工部郎中，以考績優異，外放為江西糧道（第九十六回）。糧道管理錢穀，猶如財政廳廳長。凡在糧道衙門工作的，都有發財的機會。哪知賈政一心想做好官，「州縣饋送，一概不受」。門房簽押等人本想在外發財，「向人借貸，做衣裳，裝體面」，以為「到了任，銀錢是容易的了」。不想賈政為人正派，許多佣人「來了一個多月，連半個錢也沒見過」。於是管門的李十兒就同糧房書辦詹會「咕唧了半夜」，叫差役們全體怠工。賈政出門拜客，轎夫久久不來。轎子抬出衙門，砲只響了一聲。鼓吹「只有一個打鼓，一個吹號筒」，而「執事卻是攙前落後」。勉強拜客回來，便喚李十兒問道：「跟我來這些人，怎樣都變了？你也管管。」李十兒說道：「那些書吏衙役都是花了錢買著糧道的衙門，那個不想發財？俱要養家活口。」上頭太過清廉，下人得不到好處，只有典當為生。「衣裳也要當完了，帳又逼起來，那可怎麼樣好呢」（第九十九回）。案吾國不知何時開始，地方衙署的職役均無薪俸，與漢制之有百石小吏者不同。宋時，民戶分為九等，上四等給役，餘五等免之。推立法之意，應該是許人以錢雇役，即欲有錢的出錢，無錢而出力的得錢。只因宋之職役太過苛酷，上戶雖欲出錢雇人，而貧者亦不肯就，於是上戶只有自己往役，王安石變法，熙寧三年始制天下吏祿，然而積弊難除，吏胥賕取如故（參閱拙著《中國社會政治史》）。自是而後，地方衙署職役原則上均無薪俸，即朝廷是坐聽他們受賕枉法以維持生活。

㈡賈政拜客回來，「隔一天，管廚房的上來要錢，賈政將帶來銀兩付了，以後便覺樣樣不如意，比在京的時候倒不便了好些」。李十兒又趁賈政缺少銀錢之時，出了花樣，使賈政一時無法應付。

> 李十兒稟道：「老爺說家裡取銀子，取多少？現在打聽節度衙門這幾天有生日，別的府道老爺都上千上萬的送了，我們到底送多少呢？」賈政道：「為什麼不早

說？」李十兒說：「老爺最聖明的。我們新來乍到，又不與別位老爺很來往，誰肯送信？巴不得老爺不去，好想老爺的美缺呢。」賈政道：「胡說！我這官是皇上放的，不與節度做生日，便叫我不做不成！」李十兒笑著回道：「老爺說的也不錯！京裡離這裡很遠，凡百的事，都是節度奏聞。他說好便好，說不好便吃不住。到得明白（大約是說家裡的錢雖到，用作祝敬），已經遲了。」（第九十九回）

依李十兒之言，凡是肥缺，人人均有欲得之心，非平素極有交情的朋友，不會來告節度使的壽辰在於哪一天。節度使於壽辰之日，得到府道所送之金錢不少；而府道所送的金錢，可取償於州縣；州縣的饋送又可取償於百姓。層層餽贈無異於層層買官。葛洪說：「爭取聚斂，以補買官之費」（《抱朴子．外篇》卷十五〈審舉〉）而最後吃虧的，還是老百姓。

㈢李十兒確是一個老滑吏。他深知官人的作風，接任之始，說得愈嚴的，做得愈寬。蓋說嚴使人戰慄，人愈戰慄，則送賄愈多。看吧！每一個官人上臺，不是說某某食品含有防腐劑，應嚴厲禁止發售麼？曾幾何時，那件食品不是還在發售？查其原因何在？佛說：「不可知。」賈政以清潔自居，李十兒卻潑下冷水，說道：

百姓說：凡有新到任的老爺，告示出得越利害，越是想錢的法兒，州縣害怕了，好多多的送銀子。收糧的時候，衙門裡便說，新道爺的法令，明是不敢要錢，

> 這一留難叨登，那些鄉民心裡願意花幾個錢，早早了事。所以那些人不說老爺好，反說不諳民情。（第九十九回）

賈政的確潔身自愛，他知「外省州縣，折收糧米，勒索鄉愚這些弊端，……便與幕賓商議，出示嚴禁，並諭以一經查出，必定詳參揭報」（第九十九回）。而今聽了李十兒的話，只有寒心。李十兒又說：

> 老爺極聖明的人，沒看見舊年犯事的幾位老爺嗎？這幾位都與老爺相好，老爺常說是個做清官的，如今名在那裡？現有幾位親戚，老爺向來說他們不好的，如今陞的陞，遷的遷，只在要做的好就是了。……若是依著老爺，不准州縣得一個大錢，外頭這些差使誰辦？（第九十九回）

清者名在哪裡？所得朝廷的獎勵，革職而已。濁者或陞或遷，反有幹練之名。賈政聽了，竟弄到心無主見，便放任李十兒自作威福，「哄著賈政辦事，反覺得事事周到，件件隨心，所以賈政不但不疑，反都相信」，幕友「見得如此，得便用言規諫，無奈賈政不信」（第九十九回），然而遠在京城的王夫人卻已得了消息，她對賈璉說：

> 自從你二叔放了外任，並沒有一個錢拿回來，把家裡的倒掏摸了好些去了。你瞧，那些跟老爺去的人：他

> 男人在外頭不多幾時，那些小老婆子們都金頭銀面的粧扮起來了，可不是在外頭瞞著老爺弄錢?(第一百三回)

最後，賈政果給「那些家人在外招搖撞騙，欺凌屬員，把好名聲都弄壞了」。節度使便加參劾，謂賈政「失察屬員，重徵糧米，請旨革職」，就由皇上下旨，「姑念初膺外任，不諳吏治，被屬員蒙蔽，著降三級，加恩，仍以工部員外上行走，並令即日回京」（第一百二回）。

據李十兒之言，外官貪濁乃是普遍的現象，賈政被參，因其屬員做得過火。現在試問，吾國自古就有御史制度，御史何以不能盡職？商鞅有言：「夫置丞立監者，且以禁人之為利也，而丞監亦欲為利，則何以相禁。」（《商君書》第二十四篇〈禁使〉）賈璉偷娶尤二姐，鳳姐令來旺叫尤二姐未婚夫張華「往有司衙門，控告賈璉仗財依勢，強迫退親」；他方又令王信「託察院，只要虛張聲勢，驚唬而已，又拿了三百銀子給他去打點。那察院收了贓銀，次日即說張華無賴，因拖欠賈府銀兩，妄捏虛詞，誣賴良人」，「都察院素與王子騰相好，況是賈府之人，巴不得了事。便也不提此事，只傳賈蓉對詞」，「賈蓉即刻封了二百銀子，著人去打點察院」，賈蓉也無事了（第六十八回）。御史如此，哪又安能澄清吏治？然而吾人由此尚可知道豪門的勢力，不但可以控制地方官，且又進而控制中央的都察院。

色與空、寶玉的意淫及其出家

色即是空，空即是色，這是在不同時間上說明色與空兩個形相。賈府的公子哥兒卻在同一時間內，一方玩「色」，一方賞「空」，而又不知「說什麼脂正濃，粉正香！如何兩鬢又成霜？昨日黃土隴頭埋白骨，今宵紅綃帳底臥鴛鴦」（第一回）。明白言之，賈府公子哥兒，一方玩女人，同時信佛道，其矛盾生活與南朝士大夫相同。

杜牧有兩首詩，其一首云：「商女不知亡國恨，隔江猶唱後庭花。」這是於「色」的方面，說明南朝士族的「色」的生活；另一首云：「南朝四百八十寺，多少樓臺風雨中。」這是於「空」的方面，說明南朝士族信佛之盛。色是淫奢生活，空是清淨生活，兩種不同的生活，同時合於一身。這表示什麼呢？表示士人的精神已經分裂，精神分裂之極，影響到人格方面，而令人格變為雙重人格。所謂雙重人格是患者的人格分裂為兩個，各自控制其行為，在俄頃之間，各個分立的人格交替出現，使其人前一刻的行為與後一刻的行為互相矛盾，一人判若兩人。此種變態心理所以發生，實因士族生活太過優裕，又得「平流進取，坐至公卿」。他們沒有勤勞的必要，只消磨光陰於娛樂之中。但是任何娛樂若沒有勞動以為調劑，俄頃之間，就不能引起神經的反應，而致失去滋味。這個時候他們要刺激疲倦的神經，非有新娛樂不可。然而不論什麼東西都有一定限度，他們的神經受了新娛樂的刺激，固然暫時可以發生反應，而不久神經又復疲鈍，而使新娛樂失去滋味，到了最後，一切娛樂均不能引起他們的反應，由是他們便由色入空。空既嘗了，又覺無味，復由空入色。這樣，反覆不已，他們的生活便「色」「空」一齊俱來。

賈府除賈政外，諸人均未做過職事官，每日在家讌飲作樂，賈母就是領導享樂的人。她一方喜歡熱鬧，同時又極迷信，每天捐出五斤油，令馬道婆供奉「大光明普照菩薩」，永保「兒孫康寧」（第二十五回），即其證據。寧府中，賈敬想做神仙，在元真觀內每日鍊丹（第二回，第六十三回）。其子賈珍「一味高樂不了」，「恣意奢華」（第二回，第十三回），珍子蓉又與其父「素日有聚麀之誚」（第五十四回）。榮府內，賈政雖然正派，而賈赦房中，「姬妾丫鬟最多，賈璉每懷不軌之心」（第六十九回），此寧榮兩府關於「色」的追求。然而同時卻信仰「空」的宗教，不但佛教而已，且亦信仰道教。我在說明妙玉的假清高處，已經提到和尚廟及道士觀與賈府有關係的不少，且列表以供讀者參考。即賈府的人都是多神教的教徒。小孩出痘疹，則供奉痘疹娘娘（第二十一回），每年四月二十六日芒種節，又設擺各色禮物祭餞花神（第二十七回）。此不過略舉兩例，以證明賈府的迷信（後者也許是一種娛樂)。案吾國自古即崇拜多神,《禮》云:「夫聖王之制祭祀也,法施於民則祀之,以死勤事則祀之,以勞定國則祀之,能禦大災則祀之,能捍大患則祀之。」(《禮記注疏》卷四十六〈祭法〉)此皆出於報功之意。古有五行之官,死則「祀為貴神。木正曰句芒,火正曰祝融,金正曰蓐收,水正曰玄冥,土正曰后土」(《左傳》昭公二十九年),此則有似於多神。史云:「八神將自古而有之。八神:一曰天主,二曰地主,三曰兵主,四曰陰主,五曰陽主,六曰月主,七曰日主,八曰四時主。」(《史記》卷二十八〈封禪書〉)據友人楊亮功先生研究,陰主及陽主均是生殖器之神。唐代釋道宣說:「天曰神,祭天於圓丘。地曰祇,祭地於方澤。人曰鬼,祭之於宗廟。龍鬼降雨之勞,牛畜挽犂之效,或立形村邑,樹像城門。」(《廣弘明集》卷十唐終南山釋道宣撰〈敘王明廣請興佛法事〉)如是,一切事物均可祀之為神。

寶玉日夜周旋於娥眉堆裡,於「色」的方面為「意淫」的人。照警幻仙姑說,「如爾,則天分中生成一段痴情,吾輩推之為意淫。惟『意淫』二字可心會而不可口傳,可神通而不可語達。汝今獨得此二字,在閨閣中固可為良友,然於世道中未免迂闊怪詭,百口嘲謗,萬目睚眦。」(第五回)茲舉數則,以證明寶玉之意淫。

㈠對於黛玉　　寶玉之於黛玉,愛惜備至,《紅樓夢》述之甚詳,而均不及於亂。下列所舉一事,可視為意淫之一例。「寶玉揭起繡線軟簾,進入裡間,只見黛玉睡在那裡……寶玉道:『我也歪著。』……寶玉道:『沒有枕頭,咱們在一個枕頭上罷。』黛玉道:『放屁!外面不是枕頭?』寶玉出去外間，看了一看，回來笑道：『那個我不要。』黛玉聽了，……將自己枕的推與寶玉，又起身將自己的再拿了一個來自己枕上。二人對著臉兒躺下。……（寶玉）只聞得一股幽香，卻是從黛玉袖中發出，聞之令人醉魂酥骨。寶玉一把便將黛玉的衣袖拉住，要瞧瞧籠著何物。……黛玉冷笑道：『難道我也有什麼羅漢真人給我些奇香不成？』……寶玉笑道：『凡我說一句，你就拉上這些。……從今兒可不饒你了！』說著，將兩隻手呵了兩口，便伸向黛玉隔肢窩內兩脅下亂撓。黛玉素性觸癢……忙笑道：『好哥哥，我可不敢了！』寶玉笑道：『饒便饒你，只把袖子我聞一聞。』說著，便拉了袖子，籠在面上，聞個不住。黛玉奪了手道：『這可該去了。』寶玉笑道：『要去不難，偺們斯斯文文的躺著說話兒。』說著，復又躺下。黛玉也躺下，用絹子蓋上臉。寶玉有一搭沒一搭的說些鬼話，黛玉只不理」（第十九回）。兩人對著臉兒，躺在床上，說說笑笑，而不及於亂，此之謂意淫。若是張生與崔鶯鶯，就不同了，「軟玉溫香抱滿懷，呀，劉阮到天台。春至人間花弄色，柳腰款擺，花心輕折，露滴牡丹開」（《西廂記．酬簡》）。

㈡對於湘雲　　寶玉之於湘雲，不是毫無情意。他暗存金麒麟，等著給湘雲看，竟令黛玉恐兩人借此做出風流佳事（第二十九回，第三十一回，第三十二回）。但湘雲性豪爽，有話便說，使寶玉不敢向她致情意。但下列一事，亦可表示寶玉對湘雲的意淫。「次早，天方明時，（寶玉）便披衣靸鞋往黛玉房中來，……那黛玉嚴嚴密密裹著一幅杏子紅綾被，安穩合目而睡。湘雲卻一把青絲，拖於枕畔；一幅桃紅綢被，只齊胸蓋著，襯著那一彎雪白的膀子，擱於被外，又帶著兩個金鐲子。寶玉見了，嘆道：『睡覺還是不老實！回來風吹了，又嚷肩膀疼了。』一面說，一面輕輕的替他蓋上。黛玉早已醒了，覺得有人，就猜著是寶玉，……黛玉道：『你先出去，讓我們起來。』……湘雲洗了臉，翠縷便拿殘水要潑，寶玉道：『站著，我趁勢兒洗了就完了，省得又過去費事。』說著，便走過來彎著腰洗了兩把，紫鵑遞過香肥皂去，寶玉道：『這盆裡就不少了，不用搓了。』再洗了兩把，便要手巾。……（寶玉）見湘雲已梳完了頭，便走過來，笑道：『好妹妹，替我梳梳呢。』湘雲道：『這可不能了。……如今我忘了怎麼梳呢。』寶玉……千妹妹萬妹妹的央告。湘雲只得扶過他的頭來一一梳篦。……寶玉因鏡臺兩邊都是粧奩等物，……不覺順手拈起了一盒子胭脂，意欲往口邊送，又怕湘雲說，正猶豫間，湘雲在身後伸過手來，啪的一下，將胭脂從他手中打落。說道：『不長進的毛病兒，多早晚才改呢？』」（第二十一回）

㈢對於寶釵　　寶釵年齡比寶玉大兩歲，為人寡言笑，頗有涵養，寶玉當然不能視為小妹妹而親暱之，但寶玉對她非無「意淫」之念。「寶玉笑道：『寶姐姐，我瞧你的那香串子呢。』可巧寶釵左腕上籠著一串，見寶玉問他，少不得褪了下來。寶釵原生的肌膚豐澤，一時褪不下來。寶玉在旁邊看著雪白的肐膊，不覺動了羨慕之心，暗暗想道：『這個膀子若長在林姑娘身上，或者還得摸一摸；偏長在他身上，正是恨我沒福！』忽然想起『金玉』一事來，再看看寶釵形容，只見臉若銀盆，眼同水杏，唇不點而含丹，眉不畫而橫翠；

比黛玉另具一種嫵媚風流。不覺就獃了。寶釵褪下串子來給他，他也忘了接」(第二十八回)。

以上三位均是大家淑媛，寶玉對於她們雖有「一段痴情」，而不敢有任何輕佻的行為，如他對於襲人那樣(第六回)。現在再舉兩例，證明寶玉的意淫。

㈠對平兒　平兒是鳳姐房中的大丫頭，其實就是賈璉的妾。賈璉與鮑二的老婆通姦，鳳姐潑醋，懷疑平兒素日也有怨言，便把平兒打了幾下。平兒受了委曲，賈母令人安慰，「寶玉便讓平兒到怡紅院中來」。「寶玉素日因平兒是賈璉的愛妾，又是鳳姐兒的心腹，故不肯和他廝近，因不能盡心，也常認為恨事」，現在機會來了，先令襲人開了箱子，拿出兩件衣裳，給平兒換一換。次由自己走到粧臺，取出茉莉粉，給平兒撲在面上。再次「寶玉又將盆內開的一支並蒂秋蕙，用竹剪刀鉸下來，替平兒簪在鬢上」，「寶玉因自來從不曾在平兒前盡過心，……深以為恨。今日是金釧兒(已投井死)生日，故一日不樂。不想後來鬧出這件事來，竟得在平兒前稍盡片心，也算今生意中不想之樂。因歪在床上，心內怡然自得」(第四十四回)。代替平兒做一點事，心中便怡然自得，這便是意淫。

㈡對香菱　香菱是薛家大丫頭，其實就是薛蟠的妾。香菱在大觀園內，和芳官等玩花草，竟把裙子給積雨污濕了。正在恨罵之時，寶玉拿著一枝並蒂菱來了，看到香菱低頭弄裙，因說道：「你快休動，只站著方好；不然，連小衣、膝褲、鞋面都要弄上泥水了。我有主意：襲人上月做了一條和這個一模一樣的，他因有孝，如今也不穿，竟送了你換下這個來，何如？」香菱首肯之後，寶玉就回到房中，心中暗想「往日平兒也是意外想不到的，今兒更是意外之意外的事了」。襲人開箱，取出裙子，隨寶玉來到香菱那裡。香菱「命寶玉背過臉去，自己向內解下來，將這條裙子繫上」。香菱見寶玉蹲在地下，將她的夫妻蕙與寶玉的並蒂菱，用樹枝挖了一個坑，把這菱蕙放在坑內，撮土掩埋平伏。香菱拉他的手笑道：「這又叫做什麼？怪道人人說你慣會鬼鬼祟祟，使人肉麻呢。」二人分開走了數步，香菱復轉身回來，叫住寶玉。香菱紅了臉，說道：「裙子的事可別和你哥哥（薛蟠）說，就完了。」（第六十二回）拿襲人的裙子，給香菱去換，卻認為「今兒更是意外之意外的事」，這也是意淫。

鳳姐誕辰就是年前金釧投井之日（第三十回，第三十二回），寶玉同焙茗出城，向水仙庵借了香爐，揀一個乾淨地方，放在井臺上，「掏出香來焚上；含淚施了半禮」（第四十三回），以表示心中的歉意。但寶玉平素喜歡「謗僧毀道」（第十九回），而非迷信的人。他對焙茗說：

> 我素日最恨俗人不知原故，混供神，混蓋廟。這都是當日有錢的老公們和那些有錢的愚婦們，聽見有個神，就蓋起廟來供著，也不知那神是何人，因聽些野史小說，便信真了。比如這水仙庵裡面，因供的是洛神，故名水仙庵。殊不知古來並沒有個洛神，——那原是曹子建的謊話。誰知這起愚人就塑了像供著。今兒卻合我的心事，故借他一用。（第四十三回）

現在試問寶玉雖然多方鍾情，而達到「意淫」的境界，何以出家為僧？吾人以為寶玉生於富貴之家，朝夕相處的均是貌美如花的婦女。過去那樣榮華，那樣熱鬧，如今家抄窮了，許多美女死的死，嫁的嫁，守寡的守寡，有的為賊劫去，有的出家為尼。今昔比較一下，能不傷心？傷心之極，只有遁入山林。遁入山林，只是見了「斷井頹垣」，就會回想到當年「姹紫嫣紅開遍」（第二十三回，出自《牡丹亭》）。那還不如「剃度在蓮臺下」，「赤條條，來去無牽掛」（第二十二回），這是寶玉出家的原因。即寶玉不是看破紅塵而出家，而是傷心之極而出家。寶玉出家之時，年才十九歲（第一百二十回）。過去士大夫之家多禁止年輕人看《紅樓夢》，不是因為《紅樓夢》是誨淫之書——《紅樓夢》並不誨淫——而是因為年輕人血氣未定，看了《紅樓夢》，不免發生悲觀之念，而致失掉壯志。

紫鵑的修行與襲人的出嫁

孔子說：「歲寒，然後知松柏之後彫也。」（《論語・子罕》）此即「疾風知勁草，板蕩識忠臣」之意。余曾看過一本小說，其書名已忘記了。該小說謂一個人是忠或是奸，不可專聽其言。在你得意之時，他不斷的捧你，稱讚你，說你如何如何的能幹，如何如何的愛國愛民，此種人絕靠不住。一旦你失去權勢，前此捧你上天，現在將貶你下地獄；前此說你能幹，現在將責你尸位素餐；前此稱你愛國愛民，現在將罵你賣國虐民。孔子說：「始吾於人也，聽其言而信其行，今吾於人也，聽其言而觀其行。」（同上〈公冶長〉）言之不可信也如此。

紫鵑及襲人均是賈母房中的丫頭，紫鵑派往伺候黛玉，襲人派往伺候寶玉。黛玉初到榮府之時，賈母派丫頭伺候黛玉的是鸚哥（第三回），不是紫鵑。我最初以為鸚哥更名為紫鵑，但《紅樓夢》第一百回有「鸚哥等小丫頭仍伏侍老太太」，則鸚哥不是紫鵑，明甚。但紫鵑何時派往伺候黛玉，作者未曾查到。

紫鵑對於黛玉可以說是忠心耿耿，她見黛玉的痴情，寶玉多處鍾情，乃妄言黛玉將回蘇州，以試探寶玉，哪知寶玉信以為真，發起傻鬧（第五十七回）。及至寶玉病癒，紫鵑說：「這原是我心裡著急，才來試你」，「我並不是林家的人，……偏把我給了林姑娘使，偏偏他又和我極好，……一時一刻，我們兩個離不開。……故說出這謊話來問你，誰知你就傻鬧起來」（第五十七回）。到了晚間，紫鵑回到黛玉房中，寬衣臥下之時，悄向黛玉笑道：「寶玉的心倒實，聽見偺們去，就這麼病起來。……我倒是一片真心為姑娘。替你愁了這幾年了：又沒個父母兄弟，誰是知疼著熱的？趁早兒，老太太還明白硬朗的時節，作定了大事要緊。……娘家有人有勢的，還好；要像姑娘這樣的，有老太太一日好些，一日沒了老太太，也只是憑人去欺負罷了。——所以說，拿主意要緊。」（第五十七回）

及至黛玉聽到傻大姐告訴她，寶玉要娶寶釵之事，不覺恍恍惚惚，也發起瘋傻來了（第九十六回）。黛玉回到瀟湘館，「吐出血來，幾乎暈倒，虧了紫鵑同秋紋扶他到屋裡來」（第九十七回）。此時賈府諸人忙著寶玉結婚之事，固然賈母曾到瀟湘館看視一次，黛玉喘吁吁的說道：「老太太，你白疼了我了！」賈母一聞此言，十分難受，便道：「好孩子，你養著罷！不怕的！」而離開之後，便告訴鳳姐等道：「我看這孩子的病，不是我咒他，只怕難好！」（第九十七回）此後榮府中上下人等都不過來，連一個問的人都沒有。黛玉睜開眼，只有紫鵑一人，自料萬無生理，因向紫鵑說道：「妹妹，你是我最知心的，雖是老太太派你伏侍我這幾年，我拿你就當作我的親妹妹。」紫鵑聽了，一陣心酸，早哭得說不出話來（第九十七回）。紫鵑看了黛玉咳血、喘氣、焚稿（同上），心想「這些人怎麼竟這樣狠毒冷淡」，急請李紈過來，不久探春亦至，而黛玉魂歸離恨天了（第九十八回）。

黛玉既死，賈母聽了，眼淚交流，說道：「是我弄壞了他了！但只是這個丫頭也忒傻氣。」說著，便要到園裡去哭她一場，又惦記著寶玉，兩頭難顧，只得叫王夫人自去，又說：「你替我告訴他的陰靈：『並不是我忍心不來送你，只為有個親疏。你是我的外孫女兒，是親的了；若與寶玉比起來，可是寶玉比你更親些。倘寶玉有些不好，我怎麼見他父親呢！』」（第九十八回）此時賈政委了江西糧道，不在京城，故有是言。

寶玉既娶寶釵為婦，寶釵告他黛玉已死，「寶玉不禁放聲大哭，倒在床上」；醒後，「覺得心內清爽，仔細一想，真是無可奈何，不過長嘆數聲而已」（同上）。此時，紫鵑已撥在寶玉房中，她與寶釵固然有說有笑，而見到寶玉，便走開了。「那紫鵑的下房就在西廂裡間。寶玉悄悄的走到窗下，……往裡一瞧，見紫鵑……呆呆的坐著」，寶玉要求同她說幾句話，紫鵑說：「二爺，我們姑娘在時，我也跟著聽俗了。」（第一百十三回）然而紫鵑也知寶玉結婚是在精神恍迷之中，並非忘情負義之徒。「可憐那死的倒未必知道，這活的真真是苦惱傷心，無休無了。算來竟不如草木石頭，無知無覺，倒也心中乾淨」，「想到此處，倒把一片酸熱之心，一時冰冷了」（同上）。

冰冷！剛好不久惜春要出家為尼，無人伏侍，紫鵑走上前來，在王夫人面前跪下，說道：「我伏侍林姑娘一場，林姑娘待我，也是太太們知道的，實在恩重如山，無以可報。他死了，我恨不得跟了他去，但只他不是這裡的人，我又受主子家的恩典，難以從死。如今四姑娘既要修行，我就求太太將我派了跟著姑娘，伏侍姑娘一輩子，不知太太准不准？若准了，就是我的造化了。」（第一百十八回）准了，「紫鵑終身伏侍，毫不改初」（同上）。

襲人「亦是賈母之婢，本名蕊珠」。寶玉「知他本姓花，又曾見昔人詩句有花氣襲人之句，遂回明賈母，即把蕊珠更名襲人」（第三回）。寶玉是在襲人身上初試雲雨情，「自此，寶玉視襲人更與別個不同，襲人侍寶玉也越發盡職了」（第六回）。寶玉房中的事由襲人總管，有調動各丫頭的權，鳳姐要用小紅，襲人就做了主，打發小紅過去（第二十八回），所以麝月、秋紋等多依附襲人，只唯晴雯例外。晴雯因墜兒竊取平兒的鐲子，要立即攆她出去，宋嬤嬤說：「雖如此說，也等花姑娘回來（因母喪回家），知道了，再打發他。」（第五十二回）由宋嬤嬤之言，可知襲人的權力。哪知晴雯不甘落在襲人之後，聽到宋嬤嬤之言，更要攆墜兒出外。

襲人深得寶玉信任，她出身低賤，未曾受過教育，其教導寶玉的是虛偽欺騙。她對寶玉說：「你真愛念書也罷，假愛也罷，只在老爺跟前，或在別人跟前，你別只管批駁誚謗，只作出個愛讀書的樣兒來，也叫老爺少生些氣，在人跟前，也好說嘴。」（第十九回）由此幾句話，可知襲人的性格，其伺候主子，似無特定的忠心。「卻說這襲人倒有些痴處，伏侍賈母時，心中只有賈母；如今跟了寶玉，心中又只有寶玉了」（第三回）。賈母與寶玉是直系血親，固無可訾議。此種性格若用在別人身上，則將如南北朝時馬仙琕所說一樣，「如失主犬，後主飼之，便復為用」（《梁書》卷十七〈馬仙琕傳〉）。

襲人性格如斯，其不能盡節於寶玉，乃是當然的結果。寶玉知襲人之不可恃，必會改嫁。襲人說：「我也願意跟了四姑娘去修行。」寶玉笑道：「你不能享這個清福的。」（第一百十八回）寶玉又對鶯兒說：「你襲人姐姐是靠不住的。」（第一百十九回）寶玉既已出家，依中國舊禮教，寶釵守寡，不成問題。襲人呢？她與寶玉老早肉體上就有關係，而名義上還是丫頭，並未正式收之為妾，於是襲人的去留就成為問題。最後就由王夫人與薛姨媽決定，「叫他配一門正經親事，再多多的陪送他些東西」（第一百二十回）。襲人哥哥花自芳託「親戚作媒，說的是城南蔣家」。襲人「哭得哽咽難言」，「回過念頭想道：『我若是死在這裡，倒把太太的好心弄壞了，我該死在家裡才是。』」於是襲人「含悲叩辭了眾人」，「懷著必死的心腸上車」。回去見了哥哥嫂嫂，「住了兩天，細想起來：『哥哥辦事不錯，若是死在哥哥家裡，豈不又害了哥哥呢？……』千思萬想，左右為難」，到了迎娶吉期，襲人「委委屈屈的上轎而去，心裡另想到那裡再作打算」。豈知過了門，見那蔣家辦事極其認真，全部按著正配的規矩。一進了門，丫頭僕婦都稱奶奶。襲人此時欲要死在這裡，又恐害了人家，辜負了一番好意。「那夜原是哭著，不肯俯就的，那姑爺卻極柔情曲意的承順」。到了第二天開箱，這姑爺看見一條猩紅汗布，方知是寶玉的丫頭。又故意將寶玉所換那條松花綠的汗巾拿出來。襲人看了，方知這姓蔣的就是蔣玉函，始信姻緣前定，弄得襲人真無死所了（第一百二十回）。

死在賈府，恐弄壞了太太的好心；死在花家，恐害了哥哥；死在蔣家，恐辜負了人家一番好意。結果呢？不死，嫁給蔣玉函了。《紅樓夢》作者對此說道：

> 看官聽說：雖然事有前定，無可奈何；但孽子孤臣，義夫節婦，這「不得已」三字也不是一概推委得的。……正是前人過那桃花廟的詩上說道：「自古艱難惟一死，傷心豈獨息夫人！」

琦君說童年

琦　君／著

每個人都有童年，不管是苦是樂，回憶起來都是甜美的。善於說故事的琦君，與您一起分享她魂牽夢縈的故鄉與童年。書中有她家鄉的人物、生活和風光，也有好聽的神話和歷史故事。篇篇真摯感人，字裡行間充滿了愛心與情義，在欣賞琦君的散文之餘，更別有一番溫馨感受。

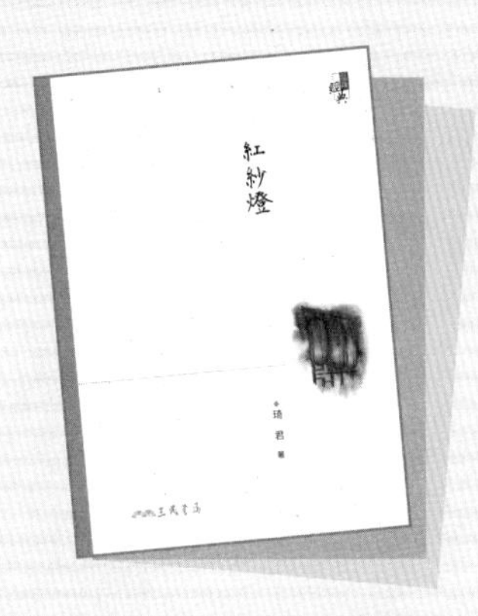

紅紗燈

琦　君／著

記憶中一盞古樸的紅紗燈，那是紮紮實實的希望暖光，綿綿溫暖之中的淡淡苦澀有著鄉愁氤氳。年光流逝，歲月不再重來，但過往值得細細回味，那些故人舊事、歡樂哀傷，都被琦君的有情之筆轉化為溫馨的文字，成為最暖心的回憶。邀請您一同踏入琦君的世界。

兩　地

林海音／著

本書為林海音最早期，也是最重要的作品之一，寫她自小成長的心靈故鄉北平(北京)和實質故鄉臺灣——這是她一生最喜歡的兩個地方。早年住在北平時，她常常遙想海島故鄉的人和事，戰後回到臺灣，又懷念北平的一切。北平栽培了林海音，臺灣則成就了林海音。她以一枝充滿感情的筆，寫下了她生命中的「兩地」。

白萩詩選

白　萩／著

本書乃天才詩人白萩《蛾之死》、《風的薔薇》、《天空象徵》三本詩作的精選，收錄了八十三首創世名詩：以圖像自我彰顯的〈流浪者〉、探究存在主義的〈風的薔薇〉、不斷追逐的〈雁〉、一條蛆蟲般的阿火〈形象〉、舉槍將天空射殺的〈天空〉、直探生死議題的〈叫喊〉……，每一首皆是跨越時代、膾炙人口的經典之作。

生命的學問

牟宗三／著

哲學大家牟宗三先生學貫中西，融會佛儒，開闢出獨霸一方的哲學體系。本書收集了他的閑散文章，與您分享人生的意義、哲學的智慧。對於生命有所困惑的讀者們，本書能提供您不同的思考方向，正如書名《生命的學問》所揭示的：能夠使我們參省自己的人生，沉澱出自己的學問，體會生命真正的價值所在。

肚大能容——中國飲食文化散記

逯耀東／著

吃，在中國人的生活中扮演著重要的角色。但要能吃出學問，可就不是件簡單的事了！逯耀東教授可說是中國飲食文化的開拓者，將開門七件事——油、鹽、柴、米、醬、醋、茶等瑣事，提升到文化的層次。透過歷史的考察、文學的筆觸，與社會文化變遷相銜接，烹調出一篇篇飄香的美文。讓我們在逯教授的引領下，一探中國飲食文化之妙。

國家圖書館出版品預行編目資料

紅樓夢與中國舊家庭／薩孟武著.——四版一刷.——
臺北市：三民，2023
面；　公分.——（品味經典/真）

ISBN 978-957-14-7638-4（平裝）
1. 紅學 2.研究考訂

857.49　　112006596

紅樓夢與中國舊家庭

作　　者　薩孟武
發 行 人　劉振強
出 版 者　三民書局股份有限公司
地　　址　臺北市復興北路 386 號 (復北門市)
　　　　　臺北市重慶南路一段 61 號 (重南門市)
電　　話　(02)25006600
網　　址　三民網路書店 https://www.sanmin.com.tw

出版日期　初版一刷 1977 年 8 月
　　　　　三版一刷 2018 年 6 月
　　　　　四版一刷 2023 年 5 月
書籍編號　S540280
I S B N　978-957-14-7638-4

三民書局